KB043981

# 저 하늘의 태양

天雨 유준웅 저

HadA

# 저 하늘의 태양

2016년 3월 18일 초판 1쇄 발행

글 유준웅
펴낸곳 하다
펴낸이 전미정
책임편집 이동익
디자인 남지현 박지은
출판등록 2009년 12월 3일 제301-2009-230호
주소 서울 중구 퇴계로 182 가락회관 6층
전화 02-2275-5326
팩스 02-2275-5327
이메일 go5326@naver.com
홈페이지 www.npplus.co.kr
ISBN 978-89-97170-29-6 03810
정가 13,500원

ⓒ 유준웅, 2016

도서출판 하다는 (주)늘품플러스의 출판 브랜드입니다.
이 책은 저작권법에 따라 보호받는 저작물이므로 무단 전재와 무단 복제를 금지하며,
이 책 내용의 전부 또는 일부를 이용하려면 반드시 저작권자와 (주)늘품플러스의 동의를 받아야 합니다.

가엾은 소년이 있었다. 사랑하는 아버지와 형님들 그리고 동생을, 자고나면 하나씩 잃어버린 슬픈 소년이. 그런데 그 소년이 미처 정신을 차리기도 전에 6·25가 터져버렸다. 아픔을 다른 아픔으로 묻어버려야 했던 소년. 헐벗고 굶주린 그 소년이 어머니의 손을 잡고 38선을 내려올 때, 아무도 그를 주시하는 사람은 없었다. 소년은 손이 하나밖에 없는 불구였다.

소년의 머릿속은 죽지 않고 살아남는 생각뿐이었다. 멋진 삶이나 인간다운 삶은 처음부터 없었다. 소년은 강해져야 했다. 강해지지 않으면 이 거친 세상에 아무도 도와줄 사람이 없고 아무 것도 할 일이 없다는 것을 잘 알고 있었다. 그것은 죽음이나 마찬가지였다.

사느냐, 죽느냐. 소년은 너무 어린 나이에 삶과 죽음을 알아버렸다. 손이 없어 아무것도 할 수 없다면 손이 있어도 아무것도 할 수 없다는 생각으로 바뀌었고, 가난과 죽음 앞에서 그렇기에 오히려 무엇이든 할 수 있다는 용기가 되었다. 그리고 그것은 굳은 신념으로 변하기 시작한다. 그렇게 소년은 자리를 박차고 세상으로 나간다. 당당하고 떳떳하게……. 그러나 세상은 소년의 생각처럼 그렇게 만만하지 않았다.

이 책은 장애를 가진 내가 아픔과 슬픔을 극복하고, 여러 나라를 돌며 세상과의 끈질긴 승부를 벌이는 나의 자서전이다. 만주에서 이북, 이북에서 남한, 한국에서 브라질, 브라질에서 호주. 내가 만났던 세상은 어느 세상이든 죽기를 각오하지 않으면 살아남을 수 없었다. 그 질긴 싸움 끝에 나는 더 이상 빼앗기지 않고 모든 것을 갖게 되었지만, 내가 인생에 있어서 승리를 한 것은 결코 아니었다는 것을 알았다.

진정한 승리란 어떤 것일까. 나는 왜 이렇게 억척스럽게 살려 했을까. 살아낼 수 있었다는 것이 바로 승리였다는 자부심을 이제는 알게 되었다.

나는 이 책을 통해, 나처럼 힘들었고 아팠던 모든 소년 소녀들, 그리고 몸이나 마음의 장애를 가지고 있는 모든 친구들이, 용기를 얻어 힘차게 세상으로 나가길 바라고 있다. 더 이상 아플 것이 없다는 것, 더 이상 잃을 것이 없다는 것, 그것보다 더 강한 힘과 용기는 없고 그것보다 더 큰 자신감 또한 없을 것이다.

일어나라! 친구들이여. 내일은 또다시 저 하늘에 태양이 떠오른다. 그대들을 위하여……. 나는 그대들을 위해 기도할 것이다.

2016년 1월

天雨 유준웅(Dr. Peter J. Yoo)

**목차**

**책머리에**

**1장 한국에서 보낸 어린 시절**

    01. 운명의 어린 시절 14

    02. 불운의 사고 18

    03. 고난의 연속 23

    04. 민속상쟁의 6·25전쟁을 맞다 27

    05. 형님을 잃다 31

    06. 참혹한 피난길 35

    07. 엿과 맞바꾼 전 재산 39

    08. 또 다른 전쟁 43

    09. 하늘 아래 첫 지붕 48

    10. 일터로 나간 소년 52

    11. 대광 중고등학교 56

    12. 깡패 유준웅 60

    13. 십자매 사업 64

    14. '학생 선생' 69

    15. 아내를 만나다 73

    16. '상록수'의 주인공 77

    17. 더 넓은 세상으로 82

2장 브라질로 건너가다

    18. 브라질 이민 90

    19. 구멍가게를 열다 94

    20. 머나먼 한국 98

    21. 벤데도리 102

    22. 시행착오의 연속 106

    23. 하나님의 축복 110

    24. 주님이 하시는 일 114

    25. 이민자의 교회생활 118

    26. 돈벼락 122

    27. 불안한 사회 126

    28. 또 한 번의 도전 129


3장 호주에 정착하다

    29. 지상낙원 호주로 떠나다 136

    30. 동산유지 호주지사장 140

    31. 파산 144

    32. 내가 만난 교회 148

    33. 가나안 교회 153

    34. 마지막 승부 156

35. 쌀 토스트의 기적 160

36. 나의 길 나의 신앙 164

37. 하나님 없는 교회 168

38. 교육사업의 꿈 172

39. 하늘로 가신 어머니 178

40. 문화사업활동 182

41. 북한 방문 187

42. 솔리데오 합창단 196

43. 저 하늘의 태양 200

44. 사랑하는 아내, 영에게 205


보도자료

여행 사진첩

저자 소개

# 1장

## 한국에서 보낸 어린 시절

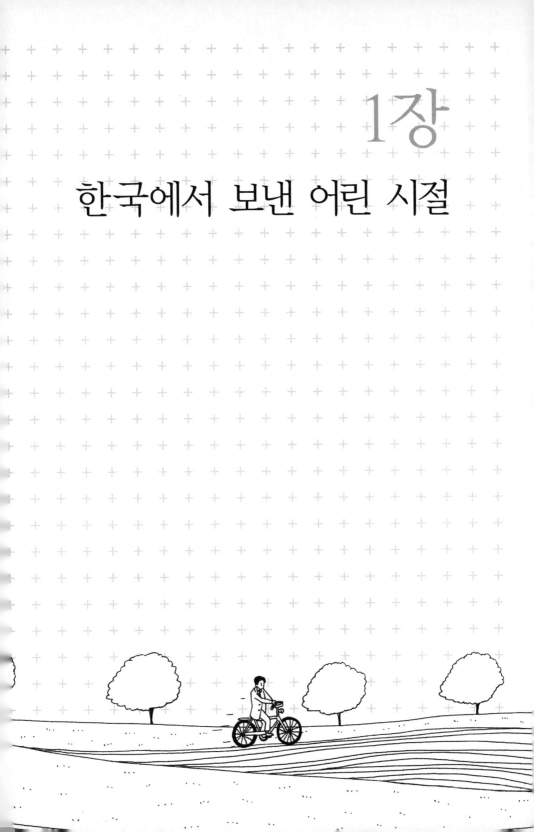

# 이. 운명의 어린 시절

만주벌판 한가운데에 자리한 중국 사평. 사평의 겨울은 늘 살을 에는 칼바람 소리가 길었다. 한국이라는 고향을 놓아두고 어쩌다 이곳서 태어났는지, 나는 사는 동안 크게 의문을 갖지 않고 있었다. 그건 전쟁으로, 굶주림으로, 반공으로, 자고 나면 다른 곳으로 이주하는 삶에 지쳐버려서인지도 모른다. 나는 다른 사람들도 모두 그렇게 사는 줄 알았다. 오지의 다른 곳에서 태어나서, 고향으로 돌아갔다가 다시 쫓겨나고 이리저리 떠돌다가 또 다시 타국을 전전하고, 그러다 다시 고향으로 돌아가……

일본이 한반도를 점령하고 대동아전쟁으로 승승장구를 하고 있을 때, 아버지는 일제의 잔혹한 만행을 피해 고향인 황해도에서 이곳까지 오게 되셨다. 이곳은 조선독립군들이 숨어서 활동하는 만주 땅이었다. 일본 토벌군과 도처에서 연일 전쟁을 치르며 사람들이 죽어 나가, 이곳 역시 성한 곳 없기는 마찬가지였다. 당시 모든 청년들이 그러했듯이, 아버지 역시 한시라도 나라를 되찾고 떳떳하게 살기 위해 무엇인가 해야 했다. 일제치하의 한반도에서는 도저히 아무것도 할 수 없었고 독립운동도 불가하므로, 부모님의 만류를 뿌리치고 뛰쳐나와 택한 곳이 이곳이었다.

아버지는 벽돌공장을 운영하면서 독립군을 도왔다. 전쟁은 막바지로 치닫고, 일본은 만주를 기점으로 다시 중국의 전 국토를 유린하고 학살하며 나아가고 있었다. 한국인에게 만주는 특별난 곳이었다. 식민지에서 독립을 위한 정부를 만들고 독자적으로 일본과 전쟁을 치르는 지역이었다. 많은 지성적 애국청년들이 위험을 무릅쓰고 만주에 들어오는 것은 이 때문이었다. 그곳엔 남과 북이 없었고 사상이나 좌우가 없었다. 한시라도 일본군을 조국에서 몰아내고 자유와 자주의 품에 안기기를 바랄 뿐이었다. 그런 때인지라 사실 독립군을 도우는 사람은 아버지 혼자만이 아니었다. 당시 그곳은 많은 사람들이 서로 숨어가며 독립군을 돕고 있었다.

아버지는 그 무렵 그곳의 유일한 교회였던 봉천 서탑교회에 다니는 열아홉 살 어머니를 만나 결혼을 했다. 어머니는 정이 많고 순진한 분이셨다. 그 시절 부모님의 반대를 무릅쓰고 매일같

사고 직전 맨 앞줄이 저자

이 꼬박꼬박 교회 예배에 참석하는 여학생은 흔치 않았다.

아버지는 머리가 좋으신 학구파 청년이었다. 언제나 당당하시고 주장이 강하시며 한번 결정한 일을 번복하는 일이 없으신, 저돌적인 분이셨다. 근면하고 사업 수완이 좋으셔서, 한창 때는 열두 개의 벽돌 공장을 운영하며 수백의 일꾼을 거느리는 대사업가로 변신해 있었다. 나는 그런 아버지를 가장 많이 닮았다고 했다. 그리고 그것은 훗날, 내가 고국과 타국을 오가며 파국과 난국을 미친 듯이 헤쳐 나가는 힘이 되고 유일한 버팀목이 되었다.

우리는 아들 셋을 포함해 원래 7남매였다. 다른 가정들처럼 똑같이 왁자지껄 웃고 까불고 장난치던 화목한 대가족이었다. 하지만 계속되는 전쟁은 그것을 가만히 놔두지 않았다. 우리 가족은 갈가리 찢기며 상처투성이가 되었다. 절반이 죽었으며 나는 어릴 때부터 장애인으로 살았다. 맨 위로 첫째형님은 태어나자마자 돌아가셨고, 막내여동생 역시 난리통에 생사를 달리했으며, 아버지도 겨우 39세 때, 내 나이 일곱 살이 되던 해에 돌아가셨다. 키가 6척이 넘고 황해도 구월산 반공청년단장이었던 둘째형님마저 21세 때 북한 인민군 총탄의 희생양이 되셨다. 모두, 아무것도 모르는 철부지 어린 시절에 당한 일이었다.

나의 어린 시절은 피투성이였다. 고개를 돌리면 죽음이 있었고, 자고 일어나면 죽음이 있었다. 손이 하나 없어진 것을 안타까워하거나 서러워할 여유도 없었다. 난 살아야 했다. 아버지처럼 당당하고 용감하게 살아야 했고, 형님처럼 불의에 소신을 굽히지 않는 멋진 사람이 되어야 했다. 어쩌면 나는 여리고 사람 좋아하는 소년이었는지 모른다. 그러나 모든 주위가 나의 의지와 상관없이 나를 점점 강하게 만들어 가고 있었다. 때로는 고집스럽게, 때로는 저돌적으로……. 그것은 어떤 거대한 힘처럼 보였다. 어머니는 그것이 하나님의 뜻이라고 했다. 하지만 어린 나는 이해할 수 없었다.

나의 처절한 눈물은 어린 시절 식구들의 주검과, 그리고 나의 잘려진 손과 같이 땅에 묻혔다. 나는 그날 이후 울지 않는다. 그리고 나머지 가족과 살아남기 위해 좌충우돌 피나는 몸부림을 치기 시작했다. 가족 중에 남은 남자가 어린 나뿐이었기 때문이었다. 우린 철저하게 모든 것을 다 잃었다. 그리고 일할 사람도 없었다. 굶주린 피난살이, 그리고 다가올 험난한 세상에 내가 기댈 곳은 아무 곳도 없었다. 내가 가진 것이라곤, 아직 남아 있는 두 다리와 오른손뿐이었다.

## 02. 불운의 사고

만주도 일본의 침탈 속에 있기는 마찬가지였다. 땅은 넓고 허허벌판에 중국인들과 섞여 있기 때문에, 이따금 일본군이 나타나는 것 이외에는 특별한 통제나 간섭은 없었다. 하지만 이곳은 전쟁의 길목이었다. 일본군과 한반도에서 강제 징집된 조국 청년들이 이곳을 거점으로 또 다른 전쟁터로 나가는 곳이었다. 독립군과 중국군은 일본군을 함께 무너뜨려야 했고 반대로 일본군은 그들을 소탕해야 했다. 넓은 들판을 가로지르는 시도 때도 없는 총소리와 폭탄소리가 그것을 말해주고 있었다.

우리가 사는 지역은 벽돌을 만드는 붉은 흙이 많은 곳이었다. 바람에 흙들이 날려 몸이나 옷, 그리고 얼굴에 흙먼지가 달라붙었고, 밥을 먹을 때면 늘 흙을 씹는 소리가 났다. 아버지는 벽돌공장을 십여 개 운영하고 계셨는데, 인부만 해도 수백 명에 달하는 거대한 규모였다.

하루는 중국 인부 한 명이 불발된 탄환을 공장 근처에서 주워 갖고 있는 것을 보았다. 어린 나는 호기심에 인부를 졸졸 따라다니며 조르고 졸라 그 불발탄을 결국 얻게 되었다. 장난감이라곤 눈을 씻고 봐도 없던 그 시절, 신기한 탄환은 그 자체가 훌륭한 장난감이었다. 나는 그것을 하루 종일 가지고 놀았다.

그리고 오후 무렵, 나는 불발탄을 땅바닥에 내려치며 놀다가 갑자기 "꽝!"하는 소리와 함께 정신을 잃고 말았다. 왼쪽 팔은 물론이고 온몸에 피가 철철 흐르고 있었다. 소식을 듣고 달려온 어머니는 실신 상태였고 아버지는 인부들과 함께 나를 인근 병원으로 부랴부랴 옮겼다. 당시는 병원시설도 매우 열악할 뿐더러 그나마 일본인이 운영하는 곳밖에 없었다. 전쟁터에도 모자라는 판에 의약품 등 항생제가 민가지역에 있을 리 없었다.

아버지는 나의 목숨만이라도 살려 달라고 애원하셨고, 일본병원에선 상처의 독이 더 퍼지게 되면 생명을 잃을 것이라고 한시라도 빨리 손을 잘라야 된다고 했다. 그렇게 내 손은 잘려 나갔다. 눈을 떠보니 왼손이 없었다. 1944년, 내 나이 다섯 살 때의 일이었다. 더구나 나는 왼손잡이였다.

그것은 공포였다. 자고 일어나면 아침마다, 있어야 될 손이 없었다. 그때는 너무 어려, 슬픔이나 감정 따위 생각조차 하지 못했다. 미래에 부딪힐 고난이나 불이익, 냉대 같은 것은 차라리 사치였다. 빨리 아프지만 않기를 바랐다. 통증이 느껴올 때마다 몸

1986년 중국 사평역에서 어머님과
큰누님과 함께

을 비틀고 어쩔 줄을 몰랐지만, 아무도 내 통증을 대신해 주는 사람이 없었다. 장난꾸러기였던 내가, 어느 날 갑자기 밥을 먹을 수 없었고, 씻을 수 없었고, 옷을 입고 벗을 수 없게 되었다.

어머니는 그때부터 내 옆에 계셨다. 밤낮으로 간호를 하시고 불편한 모든 시중을 들어주고 나를 챙기셨다. 마치 당신이 그렇게 만든 것처럼 나보다 더 괴로워하시며 불안해 하셨다. 나의 짜증과 분노, 그리고 공연한 투정을 언제 어디서나 말없이 받아주던 한 사람. 그것은 어머니였다. 난 어머니가 없으면 아무것도 못할 것 같았다.

집안에 장애아를 둔다는 것은 모든 식구들의 자유가 끝났다는 것을 의미했다. 그들 역시 평생을 같은 스트레스로 살아가야 하기 때문이다. 더군다나 그들은 말을 할 수도 불평을 할 수도 없었다. 그것은 더 큰 스트레스였다. 이제서야 나는 누님들과 동생이 나로 인해 겪었을 많은 불편과 스트레스를 감내해 준 것에 감사하게 생각한다. 그때 나는 너무 어려 그런 생각조차 하지 못했다.

그러나 나는 행운아였다. 죽어야 될 것을 죽지 않고 살아난 것도 행운이고, 어쩔 수 없이 모든 것을 내 스스로 해결해야 되는 삶의 조건 하나가 완벽히 갖춰졌다는 것이다. 거기다 어머니도 옆에 있었다. 불편했지만 난 두려울 게 없었다.

사람들이 내게 다가오지 않으면 나는 두 다리로 그들에게 걸어갈 것이고, 사람들과 같이 일을 할 수 없다면 나는 혼자 할 수 있는 일을 찾을 것이었다. 그들이 악수를 청해오기 전에, 나는 씩씩한 나의 오른손을 내밀리라……. 어느 순간부터 자연스레 왼손을 감싸주는 나의 오른손. 나는 오른손이 늘 자랑스러웠다. 그리고 미안했다.

세상엔 나보다 더 심한 중증 장애인이 너무나 많다. 그래서 나는 감히 불평조차 할 수 없었다. 내 눈을 뜨게 해준 고마운 나의 왼손. 동생의 몫을 감당하기라도 하듯 대신 일을 하는 형님 같은 내 오른손. 운명은 나를 평생 손에 대한 고마움으로 살아가게 했다.

살면서 가끔 나는 내가 두 손이 다 있었으면 어땠을까 하는 생각을 한다. 한손은 술잔을 기울이고 다른 한손은 여인의 엉덩이를 만지지나 않았을까. 쌈박질하며 행세를 하지나 않았을까. 그러나 나는 모든 것을 참으며 절제할 수밖에 없었다. 남보다 더 많이 뛰고 더 달려야 그들과 비슷해진다는 생각뿐이었다.

돌이켜 보면 장애아에게 포기란 죽음밖에 없었다. 크고 작은 모든 행동과 움직임을 될 때까지 반복하지 않으면 살 수가 없었다. 그것은 차라리 전쟁이었다. 나를 이겨내지 못하면 죽어야했다. 손 하나 없는 것도 이럴진대 팔다리가 없고 눈이 없는 사람들은 말해 무엇하랴.

그들을 생각하면, 나는 무너져서는 절대 안 되었다. 나는 올려다보는 것보다 내려다보고 살기로 결심했다. 그리고 점점 도전적으로 변해갔다. 내게 좌절이나 포기란 있을 수 없었다. 부끄러움이나 창피도 있어선 안 되었다.

　　하지만 이것은 서막에 불과했다. 내 앞에는 목숨을 건 피난과 끔직한 가난, 그리고 피도 눈물도 없는 세상들이, 코웃음 치며 기다리고 있었다.

## 03. 고난의 연속

사고가 난 다음 해가 1945년이었다. 히로시마에 원자폭탄이 투하되고 일본이 항복하면서 해방이 선포되었고 술렁거리던 세상이 온통 환호와 기쁨의 물결로 바뀌었다. 사람들은 새 세상이 왔다며 얼싸안고 춤을 추었다. 가족들도 이제 내 손을 잊은 듯했다. 아니, 어쩌면 나까지도 왼손의 존재를 잊어버렸는지도 몰랐다. 단지 내 오른손만 늘 그 무게를 감당하며 벅찬 짐을 지고 있었다.

일본군이 점차 사라지자 만주는 이제 중국 마적단들이 들끓기 시작했다. 우리는 한시라도 빨리 고향인 조국으로 돌아가야 했다. 집과 벽돌공장을 버리다시피 한 아버지는 대가족을 이끌고 고향인 황해도 사리원으로 향했다. 그러나 마적단이 시도 때도 없이 출몰하는 그곳 벌판에서, 돈과 식량 그리고 꼬물꼬물한 아이들 여섯 명을 데리고 한국으로 빠져나오는 길은 간단한 일이 아니었다. 마적단은 기차를 세우고 사람들을 모두 내리게 하는 등, 돈과 식량을 숨긴 곳을 귀신같이 찾아내 모조리 빼앗고 사람을 죽이는 일도 서슴지 않았다. 반항할 여지도 없었다. 우리는 최대한 몸을 도사리며 조금이라도 더 가까이 한국 땅에 가기 위해 조마조마하며 서로 발을 동동 굴렀다. 빨리 국경을 넘어 가야 그들의 횡포가 사라지기 때문이었다. 그리고 갖은 긴장과 고생 끝에 마침내 고향 땅을 밟았을 땐 온몸이 탈진해 움직이기조차도 힘들었다.

황해도 사리원의 생활은 황량한 만주보다는 마음이 편했다. 어린 나에게는 거기나 여기나 마찬가지지만, 중국말을 안 해도 되고 일본말을 안 해도 되니 그것만으로도 새 세상이 온 것 같았다. 우리 같은 아이들은 죄진 것도 없는데 늘, 어른들이 불안하면 같이 불안하고 어른들이 쫓기면 같이 쫓겼다. 그러나 다행스럽게도 이곳에서는 부모님이 편안하게 보였다. 사리원에는 산도 있고 냇물도 있고 새로 사귄 친구들도 있었다. 나는 손이 하나 없다는 사실을 거의 잊고 있었다. 어떤 날은 친구들과 물장구를 치

아버님 유명복 초상화

며 고기도 잡고, 어떤 날은 참외나 수박 서리를 하기도 했다. 어머니는 매일같이 옷을 더럽혀 들어오는 나에게 꾸중 대신, 이럴 때일수록 더 깨끗하게 입고 다녀야 한다며 늘 새 옷으로 갈아입히셨다. 나는 그런 어머니에게 응석을 부리듯 일부러 옷을 더럽히는 날이 많았다. 모든 것을 잊은 잠시 동안의 행복한 나날이었다.

그러나 그 행복이 깨지는 데는 그리 오랜 시간이 걸리지 않았다. 고향에 오자마자 아버지는 정미소와 커다란 과수원을 인수해 운영하셨는데, 하루는 무슨 날인지 한복을 입고 정미소에 들어가셔서 둘러보시던 중에 한복 옷자락이 정미소 기계에 감기는 사고로 급작스럽게 돌아가시고 말았다. 집안은 다시 풍비박산이 나고 어머니는 혼비백산해 쓰러지셨다. 아버지만 의지하고 살았던 고만고만한 우리 6남매는 하늘이 무너져 내리는 듯 눈앞이 깜깜하고 암담했다. 그나마 누님들과 형님은 나이가 조금 있어서 자주 우리들을 챙기고 다독거렸지만, 셋째 누이와 두 여동생들은 투정을 부리고 서로 싸우기도 하는 등 여전히 철부지였다. 우리는 평상시와 똑같이 시끌벅적했지만, 다른 것이 하나 있다면 누군가 건드리면 더 짜증을 내고 서로 울어버린다는 것이었다.

아버지의 빈자리는 너무나 컸다. 더구나 우리 아버지는 모든 것을 혼자서 용감하게 저돌적으로 추진하시는 분이셨다. 아버지가 하시면 다른 사람이 실패했던 일들도 모두 성공으로 돌아섰다. 배운 것도 많으시고 머리가 좋으셔서 사람들은 세상일을 아버지에게 자주 물어보곤 했다. 하지만 우리가 모르는 것이 하나 있었다. 이북사회에서는 많이 배운 사람들은 본인이 원하든 원치 않든 반공세력으로 몰린다는 것과 더구나 우리 집은 하나님을 믿는 기독교 집안이었고 땅과 과수원 등을 가지고 있는 부르주아 사상이 흘러넘치는 지주였다. 반동의 핏줄, 빠질 틈이 없었다. 이런 상황에 기둥이었던 아버지가 돌아가신 것이었다.

"내 앞길 멀고 험해도 나 주님만 따라가리~" 어머니는 매일같이 기도와 눈물이 섞인, 찬송가 455장을 늘 부르시며 하나님께 매달리셨다. 젊은 나이의 어머니는 앞길이 깜깜했다. 3대째 내려오는 기독교 집안으로 시집 와서 불행한 일을 자꾸 겪으니, 오직 신앙 안에서 기도와 인내로 버티는 수밖에 다른 길이 없었다. 우리 6남매는 그렇게 어머니의 눈물로 길러졌다. 어머니의 가엾음은 이루 말할 수 없었다.

이제 겨우 서른다섯인 어머니. 어머니는 이제부터 6남매를 거느리고 끝이 보이지 않는 막막한 길을 헤쳐 나가야 했다. 피비린내 나는 동족상쟁, 6·25전쟁이 코앞에 다가올 줄은 새까맣게 모른 채……

## 04. 민족상쟁의 6·25전쟁을 맞다

    아버지가 돌아가신 후 힘든 시간이 지나고 막막한 삶이 그나마 안정을 찾는가 했는데, 이듬해 세 살배기 여동생 청아가 병으로 죽었다. 당시는 기아와 빈곤으로 영양이 부족하고 의약품도 전무한 때라 전염병이라도 돌면 갓난아이들은 대책이 없던 때였다. 어머니는 애써 비통함을 감추시고, "내가 6남매를 먹여 살려야 하는 것이 너무 힘들까봐 너희들 아버지가 하나를 데려가셨나 보다……." 하고 눈물을 삼키셨다. 이제 남은 가족은 5남매에 어머니까지 여섯 식구가 되었다.

    6월 25일, 그날도 다른 날처럼 평온했다. 나는 다른 아이들과 들에 나가 뛰어놀고 개울에서 물장구를 치며 놀았다. 이북에 있던 사람들은 전쟁이 났는지 안 났는지 한동안 모르고 있었다. 남한 사람들이 죽었는지 피난을 갔는지, 우리 집에선 포성도 들리지 않았고 말해주는 사람도 없었다. 한참이나 지나 라디오에서, 김일성이 남조선 인민을 해방시키려 서울을 점령했다고 했지만, 마을 사람들은 한결같이 코웃음을 쳤다. "저 놈들, 또 거짓말을 하고 있네, 남한이 그렇게 쉽게 무너질 리가……." 자고 나면 훈련이다 공출이다 하며, 누가 봐도 과도한 선전에 거짓말을 일삼으며 모조리 빼앗아 가는 놈들이었다.

그런데 한강이 어쩌구, 대전이 어쩌구, 하더니 낙동강까지 진격했다는 떠들썩한 소리가 라디오에서 흘러나왔다. 조금 있으면 통일이 된다는 것이었다. 다 믿을 수는 없었지만 마을 사람들은 만세를 불러야 했다. 이북 쪽에서 보면 당시 우리는 승전국이었다. 게다가 사람들 중에는 당 요원도 섞여 있었다.

어머님

그 당시 이북은 1년이 유치원, 5년이 초등과정으로 총 6년이 초등학교 과정이었는데, 내가 4학년에서 마지막 학년인 5학년으로 올라가던 때 6·25전쟁이 발발했다. 어린 학생들도 수업시간마다 사상교육과 위장전술훈련을 받는 등 전쟁에 관한 교육을 받았다. 나는 전쟁으로 인해 졸업도 하지 못한 채 행정절차상 졸업이 되어 버렸다.

전쟁이 무엇인지 왜 전쟁을 하는지 아무것도 모를 나이에 전쟁이란 소리를 들으니 그저 신기하고 호기심이 생기기도 했다. 아직 우리 마을엔 폭격 등 아무런 징조가 보이지 않았기 때문이다.

그러던 9월 말경, 벼이삭이 온 들판을 노랗게 물들일 때, 나는 마을 사람들이 '쌕쌕이'라고 부르는 미군 제트기를 처음 보았다. 동에 나타났다 서에 나타났다 어찌나 빠른지, 그것을 눈으로 쫓아가며 보는 것만으로도 흥미진진한 일이었다. 그래서 친구들과 함께 폭격하는 곳에 구경도 가고 폭격 후에 떨어진 탄피를 주워와 탄피 따먹기 놀이를 하며 지냈다. 비행기가 날아와서 폭격을 해야 탄피를 주울 수 있어 나중엔 비행기가 오길 기다리기까지 했다.

그때 북한 인민군에게는 제트기에 대응할 무기가 없었고, 겨우 소총으로 대공사격을 할 수 있을 뿐이었다. 그러던 어느 날 사리원 중심에 있는 정방산 꼭대기를 날던 미군 제트기 한 대가 추락했다. 그곳은 인민군 본부가 있는 곳이었다. 그곳뿐 아니라 이곳 사리원 일대가 인민군 훈련장과 본부, 무기고가 즐비한 곳이었기 때문에 전쟁의 각축장이 되었던 것이다. 제트기가 산기슭에 날아가 박혀 검은 연기를 뿜어내고 있는 가운데, 누가 죽었는가 싶었는데 공중에서 낙하산을 타고 조종사 두 명이 누런 논밭에 떨어졌다. 하늘에서 사람이 내려오리라고는 꿈에도 생각 못했다.

순식간에 다른 제트기 세 대가 조종사 두 명을 구하기 위해 그 일대의 하늘을 빙빙 돌며 엄호하기 시작했다. 그렇게 시간이 흐르고 인민군이 접근하자, 인민군들이 가까이 다가오지 못하도록 제트기는 기관총을 난사하기 시작했다. 다행이 그들은 민

간인들에게는 총을 쏘지 않았기에 마을 사람들과 친구들은 제 방 둑에서 그 광경을 구경할 수 있었다. 얼마 후 다른 제트기 네 대가 와서 엄호하던 제트기 세 대와 교체될 때까지 우리는 하늘에서 눈을 뗄 수가 없었다.

사람들은 그 조종사들이 살기를 바랐다. 인민군에게 잡혀 가면 죽을 것은 뻔한 이치였다. 우리는 그들과 같이 살고는 있지만, 이미 그들의 거짓과 횡포에 질려 있었다. 그들은 없는 죄도 만들어 가며 사람을 처형했기에 모두들 조마조마하게 바라보고 있었다. 잠시 후 남쪽 하늘에서 잠자리 모양의 비행기 한 대가 요란한 소리를 내며 다가왔다. 우리는 그런 비행기가 있다는 것도 처음 알았고 그것이 헬리콥터라는 것도 나중에 알았다. 그 헬리콥터는 신기하게도 하늘에서 멈춰 서 있으면서, 지상으로 밧줄을 내려 조종사가 타고 올라가는 진풍경이 연출됐다. 꿈을 꾸는 것 같았다. 마을 사람들은 인민군도 아랑곳하지 않고, 너도나도 "잠자리다!"라고 외치며 박수를 치고 환호를 했다.

그러나 어찌 알았겠는가. 조만간 그 제트기들과 폭격기들에 의해 마을이 쑥대밭이 될 줄을……

## 05. 형님을 잃다

    비행기 떼가 새까맣게 사리원 하늘을 덮은 것은, 그 일이 있은 후 불과 며칠밖에 지나지 않은 저녁 무렵이었다. 곧이어 그들은 개미새끼도 보일만큼 환한 조명탄을 연이어 발사했다. 마을이 너무 눈이 부셔 사람들은 모두 혼비백산했다. 그런 엄청난 빛은 난생 처음 보았다. 우리 가족을 비롯한 마을 사람들은 그것이 일본에 떨어진 원자폭탄일거라는 공포에, 마을 외곽으로 무조건 도망가기 시작했다. 어디서 누구한테 들었는지, 사람들은 원자폭탄이 떨어지면 무조건 "뛰어야 산다"는 마음에 제각기 가족을 챙길 새도 없이 흩어져 달아났다. 나도 놀라서 달아나다가 셋째누이가 뻘밭에 빠진 것을 가까스로 구해내 있는 힘을 다해 마을 밖으로 도망쳤다. 어머니나 형님과 동생도 모두 어디로 갔는지 찾을 새도 없이 뿔뿔이 흩어졌다. 그리고는 조금 있다가 공습이 시작되었다.

마치 떡 고물을 쏟아 붓는 듯한 폭격. 그리고 연이은 꽝음. 지옥이 따로 없었다. 사람들은 건물에 숨어 있다가 죽고, 뛰다가 죽고, 사리원 시내는 공중폭격으로 완전히 쑥대밭이 되어 버렸다. 온전히 남아 있는 건물이라고는 십자가가 보이는 예배당뿐이었다. 그때 이북 우리 마을엔 예배당이 있었다.

공습이 끝나고 시내에서 조금 떨어진 우리 집에 돌아왔을 때에는, 뜻밖에도 형님이 우리를 태평하게 반겼다. 형님은, 조명탄은 양민을 죽이지 않기 위해 쏘는 것이고, 만약 우리를 모두 다 죽일 생각이었다면 조명탄 없이 무차별 폭격을 가했을 것이라며, 우리의 행색을 딱하게 쳐다봤다. 시내에서 볼 일을 마친 형님이 집에 돌아왔을 때에는 이미 가족 모두가 도망을 쳤던지라, 속수무책으로 집에서 우리를 기다리셨다는 것이다.

형님은 공부를 잘하는 똑똑한 분이셨다. 형님은 그 시절 사리원에서 유일하게 김일성대학 건축과에 입학했기 때문에, 전쟁터에 끌려가지 않았다. 사회주의체제라지만 대학을 다니는 인재까지 총알받이로 내몰지는 않았다. 어쩌면 그것은 들어간 돈 때문이었는지도 모른다. 학비 등 엄청난 비용을 자기들이 부담했을 테니까……. 하지만 그들은 동시에, 공부를 많이 한 사람도 경계해야 했다. 알면 알수록 체제에 대한 반항과 반공세력으로 둔갑해 버리기 때문이었다.

형님은 그런 사람이었다. 낮에는 조용하다가 저녁만 되면 사람을 만나고 일을 도모하는 구월산비밀부대 반공청년단 단장이었다. 형님은 빨갱이라면 이를 갈았다. 남한 같은 사회가 진정한 사회라고 믿고 계셨다. 그들이 사상교육을 너 심하게 하면 할수록 형님의 그런 의구심과 확신은 더해갔다. 하지만 우리들은 너무 어려서 뭐가 좋은 건지 알 리가 없었다. 빨리 잠잠해져서 학교도 가고 친구들과 물장구도 치고 싶을 뿐이었다.

우리가 살았던 사리원은 평양으로 가는 길목이었다. 1번 국도가 집 앞을 지나가는 곳이기에 누가 어느 방향으로 진군하느냐에 따라 전쟁의 향방을 대충 알 수 있었다. 그 일이 있은 지 얼마 되지 않아 우리는 미군이 하루 종일 평양으로 올라가는 장면을 볼 수 있었다. 물론 한 달이 채 되기도 전에 중공군에게 밀려 다시 내려오는 광경도 보아야 했지만……. 미군에 이어 국군이 들어오고 있을 때만 해도 우리는 통일이 되었다는 기쁨에 환호를 지르며 날마다 축제 분위기였다. 그러나 누가 알았겠는가. 당시 반공청년단 단장으로 있던 형님은 후퇴하는 인민군을 잡으러 나갔다가 볏단더미 속에 숨어 있던 인민군의 총에 맞아 숨지고 말았다. 하늘이 무너져 내린다는 말은 이를 두고 하는 말인 듯했다. 형님마저 가시면 우리는 산송장이나 다름없었다. 어머니는 거의 실성할 정도로 오열하셨고 우리 가족은 다시 슬픔과 절망으로 빠져들었다.

이제 남은 식구는 어머니와 4남매. 남자라곤 몸이 불편한 초등학생, 나 하나밖에 없었다. 나는 소중한 사람들이 눈앞에서 순식간에 사라질 수 있다는 것을 너무나도 이른 나이에 알아버렸다. 그것은 공포나 슬픔보다 이제는 절망과 체념이 되어버렸다. 후퇴하는 인민군들은 불순분자를 색출한다고 닥치는 대로 양민을 학살하고 떠났다. 전쟁의 소용돌이 속, 어떻게 해야 사는 건지 어디에 있어야 사는 건지, 그것을 아는 형님마저 떠났다. 우리는 다 같이 죽는 길밖에 없었다. 굳이 전쟁이 아니더라도, 살아갈 희망도 힘도 더는 아무것도 남아 있지 않았다. 어머니의 메마른 울음소리만 간간이 들려오는 총소리에 섞여 사리원의 하늘을 떠돌 뿐이었다.

## 06. 참혹한 피난길

1950년 12월 10일. 그날은 유독 겨울바람이 매서웠다. 압록강까지 북진하던 유엔군과 아군은 그해 영하 40도가 넘는 혹한과 갑자기 참전한 중공군의 인해전술에 밀려 그 머리를 남쪽으로 돌려 퇴각하고 있었다. 찬바람을 가르며 수많은 사람들은 남으로, 남으로 고된 피난의 행군을 하게 되었다.

어머니는, 이래 죽나 저래 죽나 어차피 죽기는 매한가지라며 남한으로의 피난을 결정하셨다. 어차피 훗날 형님의 행각이 알려지게 되면, 우리는 모두 죽은 목숨이었다.

가족 모두를 신의주에 남겨둔 채 평양을 거쳐 사리원까지 온 외삼촌은 우리 가족과 함께 피난 행렬에 동참하게 되었다. 곁에 살던 사리원의 친삼촌은 소달구지를 가지고 있었지만, 야속하게도 달구지에는 자기 식구를 비롯해 살림살이들만 잔뜩 실었고, 우리는 짐 보따리를 이고, 멘 채 피난길을 떠나게 되었다.

국군도 후퇴를 하고 있고 여기저기 인민군들이 나타나 산발적인 전투가 이어지고 있었다. 약 60㎞를 피난 내려온 우리는 마동이란 곳에서 운명의 갈림길에 섰다. 인민군들이 나타나 해주로 가서 배를 타고 가든지, 물이 빠지면 걸어서 남으로 내려가는 것이 훨씬 쉽다고 피난민들에게 알려주고 있었던 것이다. 남자 어른이 없었던 우리 가족은 삼촌들의 결정에 따라야 했다. 그러나 친삼촌과 외삼촌의 의견은 엇갈렸다. 친삼촌은 해주로 가야 안전하고 빨리 간다고 하셨고 외삼촌은 안내인도 없이 아무도 모르는 곳에 가서 배를 타는 것은 위험하니 기찻길을 따라 계속 남하하자고 하셨다. 결국 친삼촌은 자기 식구들과 해주로 가셨고, 우리는 외삼촌을 따라 남하하기로 했다. 그런데 그날 이후 해주로 갔던 친삼촌 가족을 포함한 모든 사람들의 행적은 아무리 수소문을 해도 지금까지 알 길이 없다. 인민군의 총탄에 모두 사라졌을 가능성이 크다. 마동에서 해주로 갈라진 친삼촌은, 5남매가 딸린 형수와 같이 다니면 엄청난 부담이 될 것 같아 내심 계산해 다른 길을 택하신 것 같았다.

다시 마동에서 출발해, 서울에서 천안 정도의 거리인 심막에 다다를 때쯤엔 우린 아사 직전이었다. 날씨는 너무나 춥고 허기지고 물이라도 마셔야 하는데 식수가 전혀 없었다. 사람들은 식수를 구하기 위해 난리들이었다. 논둑에 고인 물이나 아무 웅덩이만 보이면 달려들어 마시는 지경에 이르렀

외삼촌과 어머님

다. 그렇게 피난길은 고되고 참담했다. 어머니는, 나중에 밥 벌이라도 하려면 반드시 필요할 것이라고, 커다란 쇳덩어리 인 재봉틀Singer을 끝까지 머리에 이고 그 험한 길을 가고 계셨 다. 그러다 재봉틀이 무거워 잠깐 내려놓는다는 것이, "쿵!" 하고 기차 철로에 떨어져 한쪽 귀퉁이가 깨져 버렸다. 하지만 "재봉틀 자체는 멀쩡하다"하시며 다시 머리 위로 들쳐 올리셨다.

강변을 잇는 철로다리정방교에 올라가기 전에 개울을 하나 건 너야 했는데, 여기저기 시뻘건 피로 물든 수많은 시체들은 도저 히 눈을 뜨고 볼 수가 없었다. 그들은 군인도 아니었다. 누가, 왜, 이리도 처참하게 사람들을 죽였단 말인가? 그러나 사람들 은 이제 그런 광경에 익숙해져 가고 있었다. 시체들 사이로 건너 가는 사람들의 모습은 살기 위해 가는 사람인지 죽기 위해 가 는 사람인지 알 수가 없었다. 그 자체가 공포였다. 앞쪽의 철로

다리 위에서는 너무 지치고 힘들고 무거워, 자신의 갓난아기조차 강 밑으로 떨어뜨리는 차마 볼 수 없는 참혹한 광경도 있었다. 그런데 그 와중에도 어머니는 고집스럽게도 그 무거운 재봉틀을 끝까지 놓지 않으셨다.

어머니에게는 그것이 재봉틀이라기보다 당신 스스로에게 어머니임을 자꾸 각인시키는 어떤 상징물이었지 않나 싶다. 어떤 고난과 역경이 온다 하더라도 남은 자식들을 책임지겠다는 아버지에 대한 맹세이기도 했고, 앞으로 다가올 시련을 미리 채찍질하며 마음을 다잡는 다짐이기도 했으며, 하늘을 향한 몸부림의 기도이기도 했고 굳센 믿음이기도 했을 것이다.

지금 우리 집에는 어머니의 땀과 눈물이 얼룩진 그 재봉틀이 아직 있다. 한국 현대사를 가로지른 우리 가족의 상징과도 같은 물건. 어머니의 말씀대로, 훗날 그 재봉틀은 피난민으로서 아무것도 가진 것이 없는 우리 가족의 생계를 이어가는 중요한 역할을 해낸다. 어머니는 젊은 나이에 4남매를 혼자 키워내야 하는 삶의 무게 앞에서, 재봉틀의 무게는 차라리 가벼웠을지도 모른다.

## 07. 엿과 맞바꾼 전 재산

심막에서 개성까지 내려온 우리는 여기저기를 헤맸다. 어느 날 외삼촌이 어디선가 꾀죄죄하고 건장한 남자 세 명을 데려왔다. 우리 먹을 식량도 없는 판에, 외삼촌은 세 사람에게 식량을 나눠 주었다. 어머니께서는 "우리 식구 먹을 것도 부족한 판에, 저런 사람들을 왜 먹여 살리냐?"며 외삼촌을 나무랐다. 우리는 삼촌의 행동이 의아했고 그들에 대해 궁금해졌다. 나중에 알게 되었지만, 이들은 이남의 첩보원들이었다. 그래서 남으로 가는 우리가 이들의 도움을 받을 수 있을 것으로 생각해, 외삼촌은 이들을 도우며 함께 다닌 것이었다. 어쩐지 만나는 검문소마다 이들이 다가가 무슨 말을 하면, 우리 가족은 검사나 심문 없이 무사통과되는 것이 이상하긴 했다.

엎드리면 코앞일 것 같았던 남으로 내려가는 길은 멀었다.

추위에 볼이 다 터졌고 발이 꽁꽁 얼어붙었다. 이런 난리통에 소변은 왜 그리도 자주 마려운지 몰랐다. 언제 누가 쫓아와 총을 난사할지도 모르는데, 한 명이 소변을 보기라도 하면 식구들 모두가 한참을 서서 기다려야 했다.

어느 날 우리는 한 역무실에서 밤이 되길 기다리고 있었다. 삼촌이 데려온 그 사람들이 갑자기 "아무에게도 말하지 말고 우리 가족만 몰래 역무실에 숨어 있으라"고 말했기 때문이다. 우리는 그들이 시킨 대로 역무실에 숨어 있었고, 자정이 되자 사라졌던 이들이 다시 나타났다. 그리고 기찻길에 멈춰 있던 기차 객실이 하나둘 불을 켜면서 증기를 내뿜기 시작했다. 전쟁 중에 부상당한 병사들과 남은 탄약들을 남쪽으로 실어 나르려는 전용 화물기관차였다.

남한의 첩보원이었던 그들은 캄캄한 밤중에 우리를 석탄이 잔뜩 실린 조종칸으로 안내했다. 그 석탄더미에 숨어 있으면 곧장 서울로 간다는 것이었다. 우리는 곧바로 석탄더미에 올라가 몸을 숨겼다. 칠흑같이 어두운 밤에 석탄에 파묻혀 있으니 바로 앞에 있는 누님도 보이지 않을 정도였다. 이곳은 아무도 발견해 내지 못할 것 같았다. 그런데 얼마나 지났을까. 갑자기 석탄이 푹 꺼지면서 셋째누이가 별안간 아래쪽으로 쑥 빨려 들어갔다. 석탄이 연료로 쓰이면서 생긴 공간으로 누이가 빠져버린 것이다. 그로 인해 우리 가족 모두가 발각이 되었지만, 남한 첩보원의 도움을 받아 다시 탄약과 폭탄을 실은 화물칸으로 옮겨 탈 수 있었다.

그들은 심하게 움직이면 폭탄이 폭발할지 모른다고 이불을 깔고 조용히 있으라고 했다. 바늘방석이 따로 없었다. 까딱 잘못해 누가 총이라도 쏘면 목숨은 물론이고 대폭발로 이 일대가 그대로 날아갈 판이었다. 심장이 얼어붙는 듯했다. 나는 이미 폭발물 사고를 당한 경험이 있어 가슴이 더 조마조마했다. 쪼그려 앉았는데 한 번 꼬부린 발을 뻗을 수가 없었다.

기차가 출발하기 얼마 전, 외삼촌은 우리가 둘러맨 보따리가 무엇인지 물었다. 그것은 인민지폐였는데, 피난 내려오기 직전에 우리 과수원에서 가족들 모두가 달라붙어 딴 배를 미군들과 피난민들에게 팔아 모은 돈이었다. 자초지종을 들은 외삼촌은 남한에 내려가면 인민지폐는 아무런 소용이 없다며, 인민지폐를 모두 거두어 식량으로 바꿀 요량으로 불빛이 보이는 곳으로 큰 매부와 함께 무작정 찾아나섰다.

이곳저곳 헤매던 끝에 외삼촌은 호롱불이 켜 있는 어느 집을 발견했다. 그 집에는 모두 피난 가고 늙은 할아버지와 할머니만 집을 지키고 계셨다. 외삼촌은 지폐 보따리를 모두 줄 테니 식량이 될 만한 것을 아무것이나 달라고 사정했다. 그러나 할아버지는 집 안에 식량이 될 만한 것은 딱히 없고, 시루에 고아놓은 엿만 있다고 말했다. 외삼촌은 돈 보따리를 엿으로 바꿔, 그 시루를 화물칸까지 끙끙거리며 들고 오셨다. 어머니는 아까운 돈으로 겨우 엿을 바꿔 왔느냐고 질타하셨고, 외삼촌은 이거라도 먹고 살아야 하지 않겠냐고 반문하셨다.

새벽 2시쯤 되자, 기차가 움직이기 시작했지만 제 속도를 내지 못했다. 피난민들이 기찻길을 따라 걷기도 하고, 기찻길 한 가운데로 걷기도 했기 때문이었다. 그렇다고 속력을 너무 줄이면 피난민들이 기차에 마구 올라탔으므로 어쩔 수 없이 어정쩡한 속력을 유지할 수밖에 없었다. 게다가 숨어 있던 인민군들이 갑자기 나타나 기차에 사격을 가할 때마다, 남한의 군인들은 수색작전을 펼치기 위해 기차를 멈춰 세웠고, 그때마다 피난민들은 놓칠세라 기차에 올라탔다. 기차는 화물칸만 있는 지붕 없는 기차여서 지붕에 올라갈 수는 없었지만, 그들은 사람이 올라설 수 있는 곳이라면 어디든 올라탔다. 죽은 지렁이에 개미 떼가 올라탄 것 같았다. 무작정 걷는 것보다는 그 편이 훨씬 나았기 때문이었다.

그런데 문제는 다른 곳에서 발생했다. 배가 고파서 엿을 마구 먹다 보니, 심한 갈증을 겪게 된 것이다. 오줌을 받아먹는 것도, 그렇다고 해서 기차에서 내려 물을 구하기는 더욱더 어려운 상황이었다. 언제 기차가 떠날지, 또 언제 인민군의 공격이 개시될지 몰랐기 때문이다. 그래서 나를 비롯한 누이들은 기차가 멈출 때마다 논이고 밭이고 아무 물웅덩이로 달려가 물을 구해 왔다. 물통이 될 만한 것은 무엇이든 가져다가 물을 떴고, 심지어 수건이나 천에 물을 적셔 왔다. 그것이라도 빨아먹기 위해서였다.

비단 우리만 그랬던 건 아니었다. 사람들은 모두 물을 찾느라 혈안이 되어 있었다. 많은 짐을 지고 피난을 나섰지만, 정작 물을 지고 온 사람은 하나도 없었다. 물이 소중하다는 것을 난 이때 처음 알았다. 돈보다 중요한 것은 물이나 식량이었다.

# 08. 또 다른 전쟁

1951년 1월 초, 우여곡절 끝에 우리가 서울로 내려왔을 때 서울은 텅 비어 있었다. 지금의 수색역 근처에서 내렸는데 한강 다리가 폭격으로 끊어져 건널 수 없다고 했다. 우리는 수색역에서 어느 터널을 지나 지금의 신촌쯤에 당도했다. 외삼촌은 피난을 떠나기 전에 처가 쪽 친척의 집주소를 적어와, 가야 할 진로를 예상하고 계셨다. 아버지와 형님이 없는 상황에서 우리들을 지켜주는 사람은 외삼촌밖에 없었다. 외삼촌은 우리에게 아버지였고 형님이었다.

외삼촌의 처가는 '동화기업'이라는 유명한 목재상을 했기 때문에, 어느 정도 여유가 있는 부잣집이어서 그리로 방향을 정했던 것 같았다. 아니나 다를까, 그 집은 으리으리한 적산가옥이었고, 사람들이 다 피난을 떠나고 없는데도 쌀독에 쌀이 있고 김칫독에는 김치가 있었다. 얼마 만에 보는 쌀이고 김치였던가. 급박한 상황이었지만 우리는 오랜만에 남의 식량으로 배를 채울 수 있었다.

그렇게 며칠이 눈 깜박할 사이에 지나갔다. 외삼촌은 우리 모두가 마산에 있는 외할아버지댁으로 한시라도 빨리 내려가야 한다고 결정했다. 그러나 마산으로 내려가는 기차편이 없었다. 한강다리가 끊겼기 때문이다. 큰누이는 마산으로 내려가는 기차편을 알아보던 중, 노량진이나 영등포에 가면 마산행 기차를 탈 수 있다는 기차표를 간신히 구해 왔지만, 알고 보니 그 기차표는 가짜였다. 그 난리통에도 사기꾼이 있어 쓸데없이 돈만 낭비한 꼴이었다.

끊어진 한강다리 곁으로는 얼음 위로 설치된 임시 고무다리가 있었다. 하지만 얼음이 제대로 얼지 않아 무척 위험했고 실제로 목숨을 걸고 건너다 빠져 죽은 사람이 부지기수였다. 우리는 다른 방도가 없었다. 식구들은 이미 죽는 것에 대해 무감각해졌다. 이제는 하나 더 죽는다고 통곡을 할 사람마저 없어 보였다.

나는 왼손이 없기 때문에 넘어져도 항상 오른쪽으로 넘어져야 했다. 걸을 때나 잡을 때나 넘어질 때나 늘 균형을 생각해야 했다. 그래서 내 오른손은 아무리 추워도 밖에 나와 있어야 했다. 오른손은 대장 같았다. 가끔은 왼손의 빈자리에 투정을 부릴 법도 하지만 늘 씩씩하고 당당했다. 하지만 어린 나에게 그것은 이만저만한 불편이 아니었다. 어머니는 그런 내 심경을 눈치 채고 항상 내 곁에서 떨어지지 않으셨다. 그 순간 어머니의 눈빛은 더 이상 소박하고 여유롭지 않았다. 여차해서 내가 물에 빠지기라도 하면 달려들 각오가 되어 있는 전사의 눈빛이었다. 나는 두려울 게 없었다.

천신만고 끝에 우리는 영등포역에 도착했다. 그곳에서 부산행 기차표를 파는 사람을 발견할 수 있었다. 그렇게 겨우 마산에 갈 수 있게 되었지만, 사람들은 역 안이고 밖이고 온통 파리떼 같이 미어터져 있었다. 기차가 출발할 수나 있을지 걱정됐다.

기차는 마산까지 가지 못했다. 영등포에서 2일 만에 우리는 삼량진이라는 곳에서 내려야 했는데, 그나마 한참을 달려와서 다행이었다. 밀양이 어디인지, 마산이 얼마나 먼지, 우리는 알 길이 없었다. 게다가 삼량진에는 마산까지 가는 기차가 있을 턱이 없었다. 걸어서 가든가, 아니면 다른 방법을 찾아야 했다. 일단 우리 가족은 뿔뿔이 흩어져서 마산으로 갈 수 있는 방법을 모색해 보기로 했다. 그러던 중에 철교에 나무판대기를 놓고 후퇴하는 수송차량 하나를 발견했다. 우리는 군인들에게 수송차량을 얻어 타게 해 달라고 사정사정했고, 우리를 딱하게 여긴 군인들이 트럭에 타는 것을 허락해 주었다.

밤이 되어서야 우리는 마산 외할아버지댁에 도착했다. 하지만 외할아버지댁은 이미 피난민들로 발붙일 틈이 없었다. 지칠 대로 지친 우리는 또 한 번 절망했다. 외할아버지댁만 그런 것이 아니라 마산 시내 전체가 피난민들로 가득했다. 우리가 너무 늦게 도착한 것이었다. 외할아버지도 당혹스러워 따로 방을 얻기 위해 여기저기 수소문을 했다. 한참만에야 우리는 'ㅁ'자 모양의 문간방을 겨우 얻을 수 있었다. 방은 좁고 썩 마음에 들지 않았지만, 피난살이에 이것저것 가릴 처지가 아니었다. 식구 모두가 발 뻗고 같이 잘 수 있다는 것만도 천만다행이었다.

다음 날 아침 시끄러운 소리에 잠에서 깼다. 집주인이 무척 화가 나서 "이북에서 내려온 쌍놈들……" 운운하며 우리를 욕하고 있었다. 우리는 너무 피곤해서 모두 단잠에 빠져 있었다. 집주인은 피난민 중 어떤 사람이 재래화장실 칸에 제대로 조준하지 못해 설사가 널빤지에 묻었다는 것이었다. 그게 우리라는 것이다. 사람들은 모두, 우리 '이북 쌍놈'들을 쳐다보고 있었다. 변명해 봤자 도와줄 사람이 있을 것 같지도 않았다. 결국 우리는 화장실은 가보지도 못한 채 이틀 만에 쫓겨났다. 단지 화장실을 깨끗하게 쓰지 않았다는 이유로 온 가족이 길거리로 나앉게 된 것이다.

이곳은 우리에게 또 다른 전쟁터였다. 아무 말도 안 하고 쥐 죽은 듯이 있었는데도 사람들은 귀신같이 우리가 이북에서 내려온 것을 알았다. 그리고 우리를 마치 인민군이나 상종 못할 나쁜 놈으로 취급했다. 난 억울했다. 아버지가 독립군을 도왔는데도, 형님이 반공청년단 단장으로 눈앞에서 목숨을 잃으셨는데도, 그걸 알아주는 사람이 하나도 없었다. 길거리에 나앉은 우리 가족은 눈물 대신 각자 비장함이 서려 있었다. 어머니는 어머니대로, 누님은 누님대로, 나는 나대로……. 그때 12살의

나는, 이 설움을 견디고 반드시 살아 보이겠노라고 굳게굳게 다
짐했다.

# 09. 하늘 아래 첫 지붕

거리로 내몰린 우리는 하루 종일 밥품을 팔며 묵을 곳을 찾아다녔다. 하지만 한두 명도 아니고 대식구가 신세질 곳은 어디에도 없었다. 게다가 사람들은 우리를 거렁뱅이 취급을 하며 귀찮아 했다. 그러던 중 당시 마산 수도국 추산공원에 피난민 수용소가 생겼다는 소문을 들었다. 이북에서 온 사람들이 피난민 신청만 하면 그곳에서 살 수 있다는 것이었다.

우리는 곧 피난민 신청을 했고, 많은 사람들이 같이 머무는 대형텐트에 들어가 살 수 있게 되었지만, 정말 말 그대로 비바람만 피할 수 있는 수용소였다. 씻는 것은 고사하고, 밥을 해먹으려면 텐트 가득 밥 짓는 연기가 자욱했으며, 소변과 대변을 볼 곳도 없었다. 소변은 그나마 미군이 쓰던 깡통 등에 해결을 할 수 있었으나, 대변은 한참 떨어진 수용소 뒤편 야산에서 해결해야 했다. 하루 이틀…… 사람들이 모두 야산에다 대변을 보다 보니 야산을 걷다 물컹하면 모두 똥이었다.

얼마를 그렇게 견디다가 더 이상 이렇게 살 수는 없다고 생각한 우리는, 수용소 근처에 살기 좋은 위치를 물색하기 시작했다. 당시 텐트나 천막을 따로 구해 사는 사람들도 보였기에, 우리 역시 천막을 구해 조금이라도 더 나은 환경에서 살아야겠다는 생각에 돈을 열심히 모았다. 다 떨어진 낡은 텐트조차 가격이 터무니없이 비쌌다.

집터로 봐두었던 야산 근처 한 귀퉁이를 온 가족이 달라붙어 깡통 뚜껑과 야전삽을 이용해 깎고 마산 국제시장에서 구입한 허름한 천막으로 '우리 집'을 지었다. 미군 부대에서 내버린 나무판자나 종이박스, 깡통 등을 주워와 바닥에 깔고, 나뭇잎이나 가마니 등을 그 위에 깔았다. 그렇게 지은 집에서 우리는 첫날밤을 보냈다. 듬성듬성 틈이 갈라진 천막 지붕 사이로 별빛도 쏟아지고 빗물도 쏟아지는 곳, 그곳이 우리 힘으로 마련한 최초의 단독주택이었다.

학위수여식날 현재의 시드니 집 앞에서

바람이 부는 날은 천막이 날아갈까 봐 천막을 부둥켜안고, 비가 내리는 날은 밥그릇인 깡통으로 빗물을 받았다. 사람들은 우리를 거지라고 했다. 그러나 수용소

일대는 우리 같은 거지가 꾸역꾸역 몰려들었다. 그로부터 약 2년 정도 천막에서 살았는데, 그때쯤 되니까 수용소 야산은 민둥산이 되어 버렸다. 야산의 나무를 피난민들이 땔감이나 집을 짓는 재료로 사용했기 때문이었다.

모든 것이 부족한 최악의 환경이었지만, 우리는 그래도 그 상황을 담담하게 받아들이며 웃음을 잃지 않았다. 아버지나 형님이 없는 상태에서 아무것도 없이 무작정 남으로 피난을 왔을 때, 우리의 앞길은 이미 처절한 가시밭길을 예고하고 있었다. 우리에겐, 산다는 것, 버틴다는 것, 그 자체가 희망이었다. 하루를 살아냈다는 것이 얼마나 고맙고 감사한지 몰랐다.

그 낡은 천막은 가족들을 끈끈하게 잡아주는 힘이 있었다. 서로 위로하고 보살피며 모두 한 방향으로만 가게 만들었다. 우리의 방향은 삶이었다. 그러나 그것은 떵떵거리는 삶이 아니었다. 단지 오늘보다 나은 삶, 또는 오늘처럼 평온한 삶이라도 좋았다. 똑같이 민둥산에 움막을 짓고 살지만, 어떤 집은 의욕을 잃고 비참해하고 어떤 집은 활기에 넘쳤다. 우리가 그랬다. 아무래도 이 천막은 하늘이 내려주신 선물 같았다. 이제 더는 달아날 데도 나락으로 떨어질 데도 없는 시점에서, 하나님의 천막이 우릴 감싸고 있었다. 그것은 용기이고 희망이었다. 우린 더 이상 거칠게 없었다.

우리는 모두 힘차게 밖으로 나갔다. 밖에는 아수라장 같은 삶의 전쟁터가 우릴 기다리고 있지만 우리는 두렵지 않았다.

17년을 산 시드니 Clontarf 집 베란다에서 내려다본 풍경

# lo. 일터로 나간 소녀

　당시 큰누님에게는 같은 학교 교사인 남자친구<sub>지금의 매부</sub>가 있었다. 이북에서부터 죽자 사자 쫓아다니던 매부는 결국 우리와 같이 내려와 그림자처럼 동행했다. 뿐만 아니라 덩달아 그 식구들까지 함께였다. 그래서 사실 피난 내려오는 동안 우리는 외삼촌을 포함해 일곱 명이 아니라, 그 식구들까지 포함해 모두 열두 명씩이나 몰려다닌 셈이었다. 열두 명이 걷다가 쉬다가, 함께 자고 숨고, 밥을 먹고 하는 일은 간단한 일이 아니었다. 기차표도 열두 장을 끊어야 했고 방을 얻으러 돌아다닐 때도 다른 사람들은 멀리 숨어서 기다려야 했다. 그래서 마산의 외할아버지도 어쩔 수가 없었던 것이다. 그러나 매부 역시 딱한 집안이라, 우리도 내칠 수가 없었다.

매부는 착실하고 손재주가 좋았다. 계속되는 전쟁에 지친 미군들을 상대로, 군복 등 옷에 태극기나 용 그림을 그려주고 미군들로부터 초콜릿이나 기타 식료품 등을 얻어 왔는데, 이것이 소문이 퍼지면서 너도나도 줄을 서서 그 일만 해도 바빠서 쩔쩔맬 지경이었다. 첫째와 둘째 누이는 길거리에 작은 나무판자 집을 지어서 튀김이나 꽈배기, 도넛 장사를 시작했다. 매부가 미군들에게 그림 값으로 받은 식용유는 누님들의 장사에 불을 지폈다. 시설도 없는 단순하고 간단한 장사였음에도, 하는 사람이 없던 터라 줄을 서서 기다릴 만큼 장사가 잘되었다.

어머니와 다른 누이들은 재봉틀로 간단한 옷가지나 아이들 옷을 만들었는데, 피난 중이라 군복을 고쳐 만든 성인 옷은 조금 있었지만 아이들 옷은 아예 구할 수 없었다. 그래서 어머니는 아동복 위주로 옷을 만들었다. 버려진 미군 옷들을 찢어서 오려 붙이고 다양한 옷가지를 만들어 팔았는데, 거기엔 어머니가 목숨보다 더 소중하게 갖고 내려온 재봉틀이 있었다.

찌그러지고 깨진 어머니의 재봉틀. 그것은 5남매를 짊어진 어머니의 마지막 희망이었다.


문제는 나였다. 당시 나는 겨우 열두 살이었지만, 집안에 하나 남은 남자였기에 무엇이든 해야 했다. 그러나 나는 몸이 불편한 장애인이었다. 멀쩡한 사람도 일을 찾기 어려워 쩔쩔매는 난리통에 나 같은 사람을 써주는 곳은 어디에도 없었다. 그래서 처음에 문을 두드린 것이 신문팔이였다. 신문팔이는 꼭 두

팔이 필요치는 않았다. 신문 한 뭉텅이를 겨드랑이에 끼우고 하루 종일 발품을 팔며 오른손으로 뽑아주면 되었고, 몫 좋은 곳에서 앉아 있어도 되는 일이었다. 그런데 앉아 있다 보면 지나가는 사람들 구두만 보게 되어, 구두닦이가 더 수입이 좋을 것 같다는 생각이 들었다.

하지만 그때나 지금이나 아이들의 세계는 그들대로 고충과 문제가 많았다. 그 세계에서 나는 철저히 외톨이였다. 수용소의 아이들은 패를 지어 몰려다니며 나를 '병신'이라고 괴롭히기 일쑤였다. 가만히 있어도 시비를 걸고 놀리기도 하고 때리기도 했다. 그때마다 나는 수없이 죽고 싶다는 생각과 이렇게 살아서 뭐하나 하는 생각을 했다. 도움을 청할 형도 상의를 할 친구도 내겐 없었다. 그러나 그 한편에선, 끝까지 이를 악물고 버텨야만 한다는 오기가 물밀듯이 밀려왔다. 식구 모두가 삶에 대한 끈을 놓치지 않고 있는 이때, 나 혼자만 나약한 생각에 젖어 눈물을 흘릴 수는 없기 때문이었다. 나는 살아야 했다. 그러면 그럴수록 더 악착같이 살아야 했다. 나마저 무너지고 나면 어머니나 이 집안은 끝이었다. 나는 어쩔 수 없는 가장이었다.


그러나 몸이 불편한 내게 구두 닦는 일은 불가능한 일이었다. 그러던 어느 날 한 가지 아이디어가 떠올랐다. 차라리 구두통을 여러 개 만들어 구두약과 함께 아이들에게 빌려준 후, 그 빌려준 대가를 받는 것이 어떨까 하는 생각이 든 것이다.

나는 바로 실행에 옮겼고, 열두 개 정도의 구두통과 구두약

세트를 만들어 아이들에게 하루 빌려주는 '대여비'를 받았다. 구두약도 대량으로 구입해 아이들이 부족하면 직접 구두약도 조달하며 그 값을 받았다. 그것은 피난민 수용소의 작은 '경영 management'이었고, 내 최초의 비즈니스였던 셈이다. 하루 종일 신문팔이를 하는 것보다, '구두통 렌탈' 사업이 몇 배 소득이 높았다. 한동안 구두통 사업이 잘되었다. 그러나 얼마 지나지 않아 위기에 봉착했다. 구두통을 빌려 쓰는 아이들이 구두통을 돌려주지 않고 그대로 도망가는 것이었다. 그렇게 분실하면 만들고, 또 분실하면 또 만들고 하다가, 이런 상황이 계속 이어지면 본전도 못 건질 것 같다는 생각에 구두통 사업을 접기로 했다. 그리고 다시 신문팔이로 되돌아갔다.

그렇게 온 가족이 오로지 살아야겠다는 일념으로 하루하루를 살아, 그 결과 우리는 수용소에 들어온 지 약 2년 만에 일반 집에 세를 들 수 있을 정도의 돈을 모았다. 그리고 드디어 '우리의 방'을 마련하게 되었다. 셋방으로 이사하던 그 첫날밤은 얼마나 가슴이 뭉클하고 눈물이 돌았는지 모른다. 얼마나 기뻤는지……. 그리고 얼마나 행복했는지…….

## 11. 대광 중고등학교

　　1년 동안 치른 전쟁은 전국을 쑥대밭을 만들며 수없이 많은 사상자를 내고, 2년에 걸친 지루한 휴전협상을 하고 있었다. 포로교환 문제 때문이었다. 1953년 정전협상이 되었을 때, 나는 마산 무학국민학교를 졸업한 후 마산중학교에 입학할 수 있었다. 그 당시 국가고시 시험을 쳐서 일정 수준의 점수를 얻어야 중학교에 들어갈 수 있었는데, 식구들은 내가 신문팔이와 구두 닦이를 하는 것을 달가워하지 않았다. 그것은 아버지의 유지遺志 때문이었다. 아버지는 학구파셨다. 언제나 우리들에게 공부 얘기를 빼놓지 않으시며, 이 시대에 살아남기 위해서는 한 자라도 더 배워야 한다고 말씀하셨다. 기독교 신앙이 뿌리 깊은 아버지는 내가 선교사나 목사님이 되길 늘 바라셨다.

　　지친 피난생활에 기억이 가물가물해지는 머리를 부여잡고,

몇 달을 밤을 새운 끝에 간신히 중학교에 입학했다. 아직도 기억에 남는 시험 문제가 있는데, 오선지에 '콩나물 대가리'가 표시된 문제였다. 난생 처음 본 콩나물 대가리에 나는 아무런 답을 하지 못했다. 그때 이북에선 콩나물 대가리를 본 적이 없었다. 나중에 알고 보니 그것은 '애국가'에 관련된 문제였다. 이북에서 내려온 내가 애국가를 어떻게 알 수 있었겠는가? 이북에서는 줄곧 다른 노래를 불렀기 때문이다.

그렇게 중학교 1년을 마쳐 가는 중, 어머니께서는 "말이 태어나면 제주도로, 사람이 태어나면 서울에 보내라는 말이 있다. 너도 서울 가서 공부하거라"는 말씀을 내게 하셨다. 당시 어머니께서는 마산에서 나오는 미군 물건을 싸게 구입해, 서울 남대문시장에 조달하는 보따

학창시절 고1 때 모습

리 사업을 하고 계셨다. 어머니는 우리가 자고 있는 이른 새벽이면 기차를 타고 매일같이 서울로 미제 물건을 팔러 가셨는데, 가는 도중 경찰이나 헌병에게 걸려 모든 것을 빼앗기고 돌아오는 날도 있었다.

마산에서 서울까지는 당시 기차로 12시간도 넘는 거리였다. 그 먼 거리를 매 시간 가슴을 졸이며 달려갔을 어머니. 어머니의 심장병은 아마 그때 생기지 않았을까 싶다. 어머니는 당신이 혼

자 살기 위해서 그 억척을 부리시진 않았을 터다. 나를 공부시키고 우리 가족을 지켜내시려고, 서울에 교두보를 만들고 계셨음이 틀림없었다. 또한 그것은 어쩌면 조금이라도 가까이 고향 쪽으로 가고 싶은 간절한 마음에서였는지 모른다. 고향 땅엔 보고 싶은 사람이 묻혀 있었다. 어머니는 그들을 붙잡고 하소연하며 한탄하고 싶었을지도 모른다.

어머니의 권유로 그렇게 나는 어려운 상황에서도 서울 용산중학교로 전학을 가게 되었다. 하지만 전학금등록금을 구할 길이 없었다. 그때 돈으로 50만 환 정도 필요했는데, 그 돈은 우리 가족 장사 밑천을 다 합쳐도 구할 수 없는 큰 돈이었다. 몇 달을 고민하고 알아본 끝에 어머니는 기독교 학교미션스쿨가 있다는 것을 알게 되었다. 그 학교는 가난한 피난민을 위해 설립된 학교였다. 각종 편의 등 비용을 무료, 혹은 값싸게 제공해줬기 때문에 선택의 여지가 없었다.

학창시절 김명식, 이광식과 함께

그리하여 1955년, 나 혼자만 서울로 올라와 서울 대광중학교 2학년으로 전학을 가게 되었고, 숙식은 외삼촌댁에 얹혀서 해결했다. 당시 대부분의 학교가 그러했듯이 천막을 친 것이 교실이고 바닥에 앉거나 의자를 놓고 수업을 했다. 그럼에도 불구하고 아이들은 꾸역꾸역 늘어나기만 했다.

아침에 등교하면 더우나 추우나 전교생을 모아놓고 예배하는 것으로 시작됐다. 장로님들이 교감이고 훈육주임이다 보니 시도 때도 없이 예배와 설교로 시간이 차 있었는데, 조회시간도 예외는 아니어서 삐딱한 학생들은 물론 일반 학생들도 불만이 많았다. 당시 나는 심한 사춘기를 겪고 있었다. 일요일도 교회까지 꼬박 가야 하는 나로서는, 여기저기 허구헌 날 울고불고 하는 예배 모습에 짜증이 났다.

왜 이렇게 살아야 할까? 이런 데서 어떻게 공부를 하고, 공부가 왜 필요한가? 공부도 하기 싫고 예배도 하기 싫고, 하고 싶은 대로 마음껏 하면서 살았으면 좋겠다는 생각이 많았다. 학교도 다니기 싫었고 나를 업신여겼던 사람들을 두들겨 패고 싶었다. 나는 빗나가기 시작했다.

# 12. 깡패 유준웅

청소년 시기의 반항심은 학교와 사회에 대한 반항심으로 이어졌다. 스스로 인생을 비관하기도 하고, 조그만 모욕에도 참을 수 없는 성격으로 바뀌어 갔다. 당시 친구들은 삼삼오오 모여서 장난도 치고, 동네 한편에서 철봉, 평행봉 같은 운동을 하며 지냈는데, 어느 날 또래의 다른 동네 애들과 싸움이 붙었다. 그리고 그것을 계기로 친구들과 점점 더 결속하고 패거리로 변신하기 시작했다.

우리 패거리는 이북 출신이 많았다. 죽을 둥 살 둥 갖은 고난 끝에 피난 내려와 집도 절도 없이 떠도는 부류였기 때문에, 의리와 깡이 더 많아 무서운 것이 없는 패거리였다. 이후로도 옆 동네와의 패싸움은 계속됐는데, 고등학생 등 점점 나이든 형들이 합류하고 장악해 나가기 시작했다. 그리고 세가 불어나면 불어날수록, 든든해지고 삶에 자신감이 생기는 듯한 엉뚱한 매력에 빠지게 되었다. 우리는 그것을 사나이다운 멋이라고 생각했다.

의리와 객기로 뭉친 우리들은, 패싸움을 하게 되면 전쟁을 치르듯 각목이나 벽돌, 쇠붙이 등 닥치는 대로 사용해, 이미 일대를 모두 평정했다. 더 이상 구역을 넘보는 자가 없었다. 그렇다고 싸움을 멈춘 것은 아니었다. 점점 진화하다 보니 이제는 만들어서라도 해야 직성이 풀렸다. 그리고 싸움에서는 무조건 이겨야 했고 이길 때까지 싸웠다.

밤에 충무로 거리에서 지나가는 건달이나 청년에게 시비를 걸기가 일쑤였고, 조금이라도 마음에 안 들면 주먹부터 나갔다. 그리고 어느덧 형들을 좇아다니며 궂은일을 해주는 똘마니들이 되어 있었다. 언제 우리가 조직에 들어갔는지, 언제 우리 뒤를 자유당 정치깡패인 임화수가 봐주고 있었는지, 우리는 그때 까맣게 몰랐다. 그냥 형들이 사주는 짜장면 한 그릇에 우쭐대며, 거리를 안방처럼 휘젓고 다닐 뿐이었다. 그때 내 별명은 '닥광'이었다.

친구들은 경찰서를 내 집처럼 들락거렸다. 어떨 때는 싸움을 안 했는데도 끌려가서 야단을 맞는 억울한 날도 있었다. 우리 구역은 명보, 국도, 계림 극장을 잇는 충무로와 을지로

고1 때 뚝섬에서

전 지역이었고, 그 극장들을 공짜로 들락거리는 것이 그렇게 재미있었다. 어느 극장이든 극장 주변은 우리의 소굴이었다. 그래서 그 근방 사람들 모두가 우리를 알아봤고 괜히 건드려 긁어 부스럼을 만들 필요가 없었기 때문에 피해 다녔다.

우리는 특히 을지로6가<sub>계림극장</sub>에서 자주 모였기에 '을육회'라는 이름을 갖게 되었다. 당시 '을지로6가의 마라푼타<sub>아프리카의 살인개미 떼</sub>'라고 하면 모르는 사람이 없었다. 이제 그 친구들은 모두 병들어 죽거나 더러는 감옥에서 생을 마감하고, 10여 년 전만 해도 이십 명 정도가 만남을 가졌는데, 지금은 여덟 명 정도만 남아 지난 회포를 달래고 있다.

중학교 3학년 말, 그런 생활 속에 회의를 느낀 나는, 인생에 대해 심각하게 고민하기 시작했다. 경찰에 쫓기는 것도, 학교에서 기회만 있으면 자르려고 하는 것도, 어머니가 울며 매달리는 것도 지쳤기 때문이었다. 형님이 떠오르고 아버지 모습이 보이고 ……. 아무래도 여기는 내 자리가 아닌 것 같았다. 우리 집안에 남자가 나 하나밖에 없는데, 이렇게 살려고 그 수난을 겪으며 피난살이를 했는지 내 스스로가 이해가 안 됐다. 나는 깡패 소굴을 빠져나오기로 결심했다. 그러나 이미 그것조차 쉬운 일이 아니었다. 이것들이 매일 같이 찾아와 안 나오면 죽여 버린다는 협박도 하는 등 난리였다. 나는 그들에게 걸리지 않으려고, 새벽에 5시도 안 돼서 학교에 가서 저녁 늦게까지 학교에 남아 있었다. 그들을 피해 다니는 생활이 계속 되었다. 그때 나와 같이 빠져 나온 친구들이 여럿 있었는데, 그들은 나중에 모두 대학도 가고 의사, 박물관장, 사장, 회장, 목사, 원장, 주지스님, 박사 등 사회의 요직을 차지하는 점잖은 사람들이 되었다.

경찰들이 수시로 우리 집에 드나들었던 시절, 경찰이 찾아오면 집 뒤 건물 가설기둥을 타고 도망가기도 했다. 가족 모두가 다니던 충현교회에서는 '말썽쟁이 유준웅'을 위해 전교인이 통성 기도를 해주기도 했다. 그땐 왜 아무 생각이 없었는지, 지금 생각하면 어머니 속을 무진장 썩였던 것이다.

그런데 충현교회의 기도가 하늘에 닿았던 것일까. 나는 곧이어 제자리를 찾으며, 대광고등학교를 거쳐 연세대 신학과에 진학하게 된다. 반성의 날을 보내고, 이상하게도 신앙 쪽으로 급물살을 타고 있었다. 보이지 않는 어떤 힘이 나를 자꾸 한쪽으로 몰아치는 느낌이었다.

# 13. 십자매 사업

당시 대광중학교 학교 한복판에 길고 큰 굴뚝이 있었는데, 전에는 이곳이 고무공장 자리여서 바닥에는 늘 석탄재가 깔려 있었다. 그래서 하루 종일 학교에서 수업을 받고 오면 콧구멍이 새까맣게 될 정도로 주변 환경이 몹시 열악했다. 거기다 모든 것이 낯설고 세상은 어수선하니 공부가 될 리 없었다. 어느 날 나는 이런 분위기에서 억지로 공부만 해서는 살 수 없다는 생각이 문득 들었다. 중학교 3학년 때였다. 공부보다 무언가 해야 겠다는 생각이 매일 같이 머릿속에 넘실거렸다. 그래서 내가 할 수 있는 것을 이것저것 알아보고 있었다.

언제부턴가 나는 내가 할 수 있는지 없는지를 먼저 따지기 시작했다. 그건 아무도 가지지 않는 나만의 아킬레스고 자존심 이었다. 그리고 점점 그것은 도전과 승부로 발전해 갔다. 나는 무엇이든 해보고 싶었고, 할 수 있을 것 같았다. 더 이상 잃을 것이 없기 때문에 무엇이든 하면 이것보다는 나아진다는 확신이 있었다. 게다가 전에 구두통 사업을 했던 경험도 있었다.

그 즈음, 다니던 교회에서 소아마비를 앓던 친구 하나를 만났다. 그와 나는 서로 비슷한 공감대을 가지고 있어 쉽게 친구가 되었다. 그의 삼촌은 전투기 조종사, 즉 파일럿이었는데, 그 당시엔 파일럿 교육을 일본에서 받았기에 일본에 자주 드나든다고 했다. 그렇게 서로 친하게 지내던 어느 날, 그는 갑자기 "우리 서로 몸도 불편한데, 우리가 같이 살 길이 하나 있다"며 '동업'을 제안했다.

그것은 일종의 '애완동물 가게<sub>pet shop</sub>'였다. 삼촌이 말하기를 "일본에서는 모두 애완동물을 하나씩 기르고 있는데, 요즘은 '애완용 새'가 인기다"라는 것이었다. 자기 삼촌에게 부탁해서 그중에 기르기 쉬운 '십자매'를 구해와 같이 길러 팔자는 것이었다. 생각해 보니 장사가 될 것 같다는 생각이 들어, 주저 없이 나는 중국에서부터 가지고 내려온 어머니의 패물을 훔쳤다. 그리고 각자 암수 두 쌍씩 구입해 우리들의 사업을 시작했다. 그 삼촌은 비행기 조종석에 십자매를 몰래 숨겨 들여왔다. 물론 그 후 나는, 집안에 유물로 갖고 있던 귀중품과 패물을 팔아 새를 산 것에 대해 온 가족으로부터 꾸중을 수없이 들어야만 했다.

사업을 시작하기도 전부터 문제가 생겼다. 십자매를 기르는 방법을 도무지 알 수가 없었다. 또 한 번 삼촌에게 부탁해 십자매 기르는 것과 관련된 책을 청했으나, 문제는 일본어로 된 책이었다. 그래서 우리는 일본어를 잘하는 첫째누이에게 번역을 부탁해 떠듬떠듬 십자매를 키우는 요령을 터득해 나갔다. 그리고 그 친구는 종로5가에 작은 새 가게를 차렸다. 그리고 나는 지금의 동국대학교 뒤 장충동에 있는 우리 집에 새장을 크게 지었다. 우리의 예견은 적중해서, 한창 때는 3일 만에 집 한 채를 살 수 있을 정도로 장사가 잘됐다. 그 당시 돈으로 십자매 한 쌍이 5천 환 정도였는데, 돈 버는 재미에 학교 공부는 뒷전일 수밖에 없었다.

고등학교 1학년 때에 영어 과외공부를 하러 가는 길에, 시장 문 닫기 전에 계란 한 꾸러미를 사오라는 어머니의 심부름을 했던 날이었다. 계란을 사가지고 뒤늦게 공부방에 들어갔더니, 계란 꾸러미를 본 선생님은 "뭐 그런 것까지 갖고 왔냐"하셨고, 난 당황한 나머지 계란을 선생님께 선물로 드렸다. 물론 집에

〈선데이서울〉(1969)

돌아와서 어머니한테 야단을 크게 맞았다. 그때는 손님이 오시면 밥상에 달걀 한 개를 올리던 시절이었다.

십자매 일을 조금 하다 보면 하루해가 그냥 지나가버렸다. 그 당시 나의 별명은 학교나 동네에서 '새 아버지'로 통했다. '십자매 사업'이 번창하던 고등학교 2학년 때인 1956년. 난데없는 '십자매 파동'이 일어났다. 제법 비싼 값에 팔리던 십자매를 돈이 된다니까 너도 나도 키우면서, 십자매 가격이 터무니없이 떨어지게 된 것이다. 오죽했으면 외삼촌이 십자매를 모두 참새처럼 구워 먹어도 본전도 안 되겠다고 말할 정도였으니까. 그래서 일단 그동안 번 돈과 십자매 모두를 처분한 돈으로 천호동<sub>당시 경기도 광주군 구천면</sub>에 땅<sub>토지 5,770평을 포함해 총 34,000평</sub>을 샀다. 수학여행도 못 가고 십자매 한 쌍과 알까지 포함해 천 원 주고 팔았는데, 그 가격에도 팔리지 않자 나중에는 그냥 주기도 했다.

그 이후 종로5가에 애완동물 가게가 있으니 다른 애완동물을 길러 팔아야겠다는 생각으로 여러 동물을 키워 보았다. 앙고라 토끼를 길러 앙고라 털을 팔려고 했지만, 제때 털을 깎지 않아서인지 여름을 넘기지 못하고 다 죽어버렸다. 열대어나 메추리 등도 시도했으나, 번번이 실패했다. 그래서 종로5가의 애완동물 가게까지 처분한 돈으로 땅을 더 구입했다. 지금 생각해 보면 그때 재빨리 애완동물과 가게를 처분한 것이 참 다행이었다는 생각이 든다. 만약 계속 안고 있었더라면 본전은커녕 엄청난 손해를 봤을 것이다.

비록 어린 중학생이었지만, 당시의 그러한 '사업' 경험은 돈 주고도 살 수 없는 가치 있는 경험이었다. 그리고 그때의 사업수완과 경영지식은 훗날 타국에서 이민생활에 잘 적응할 수 있는 토대를 이루는 중요한 수단과 방법이 되었다. 학업學業 대신 선택한 나만의 '수업修業'이었다.

1평에 22환 주고 구입한 천호동 땅이 지금은 1평에 2,000만 원까지 치솟았다. 이민을 떠나지 않고 가만히 그 자리에 있었다면, 지금 몇 천 억을 가진 갑부가 되었을지도 모른다. 운명이었다.

## 14. '학생 선생'

1959년 대광고등학교를 졸업한 나는 그해 3월 연세대학교 신학과에 입학했다. 목사님이 되어 말씀을 선포하라는 아버지의 유언도 있었지만, 3대째 내려오는 독실한 기독교 집안에서 자란 터라, 말썽을 피울 때나 공부할 때나 늘 머릿속엔 한 가닥 신앙과 소명의식이 끈을 놓치지 않고 있었다. 그건 어쩌면 내 자신이나 처지에 대한 애절한 기도이기도 했고, 그로 인해 더 자세히 보이는 나보다 더 불쌍한 사람들을 향한 소망이기도 했다. 달아나면 달아날수록, 멀어지면 멀어질수록, 내겐 그들이 더 선명하게 보였다.

천호동에서 연세대까지는 멀었다. 약 40㎞ 정도의 거리를 아침과 저녁, 매일 같이 자전거로 통학하면서, 나는 많은 생각을 하게 됐고 신앙적 비전을 품게 되었다. 동네에서 오갈 데 없는 어르신들을 모시는 '마을방'을 처음 만든 것도 이때였다. 생각해 보면 지금의 노인정 정도의 공간으로 기억되는데, 노인들뿐만 아니라 어린아이들도 편하게 오가면서 마을의 '사랑방' 역할을 했다. 그땐 어르신들이 갈 곳이나 쉴 곳이 전혀 없었다.

어르신들은 그곳에서 세상 이야기를 하시면서 장기도 두셨다. 하루는 나를 보고 본인 자식들에게 한글을 좀 가르쳐 주면 어떻겠냐고 부탁을 해왔다. 전쟁 직후, 한글을 배울 여유도, 기회도 없었던 어려운 상황이라 한글을 모르는 소위 '까막눈'이 부지기수였다. 그것은 내게 선택이 아니라 사명처럼 다가왔다. 자라나는 아이들이 모두 내 어릴 때처럼 거리를 떠도는 비참한 생활을 하게 해선 안 되었다. 나는 즉각 실행에 옮겼다. 어르신들은 나를 '학생 선생'이라 부르며 손수 나서서 야간학교가 갖춰야 할 여러 일들을 함께 도와주셨다. 그것이 훗날 천호고등학교의 모체가 되었다.

하나둘 가르치던 아이들은 급기야 눈덩이처럼 불어났다. 소문이 꼬리에 꼬리를 물었다. 어른들은 아이들을 데리고 이 구석까지

광천학원 시절 초가 교실과 집

찾아왔다. 우리 학교까지는 버스도 없었다. 정류장에서 내려 학교까지 오려면 5~6km나 걸어야 했다. 나는 급하게 나이든 학생들을 데리고 진흙을 손수 빚어 교사를 지었다. 그리고 석유

등불 아래서 80여 명의 아이들을 본격적으로 가르치기 시작했다. 그때가 1960년 9월 1일이었다. 학교 이름은 경기도 광주군 천호동의 앞 글자 '광'과 '천'을 따서 '광천학원'으로 지었다. '하늘의 빛'이란 뜻이었다. 돈이 없어 학생들과 함께 손수 흙벽돌을 찍고 교실을 지으며 오직 운동장 한가운데 앉아 밤새 기도했던 것이 한두 번이 아니었다.

모든 것은 무료였다. 이 어려운 시기에 글을 모르는 쫄망쫄망한 아이들에게 돈을 받을 수는 없었다. 자원봉사자 선생들도 그 먼 곳까지 기꺼이 와서, 함께 무료봉사를 시작했다. 매일같이 학교 수업이 끝나면 부리나케 달려와 늦은 밤까지 학생들을 가르치는 일은 무척 힘들었지만, 늘 기대 속에 기쁨이 넘치는 일이었다. 연세대는 그때나 지금이나 신촌에 있었다. 낡은 자전거를 타고 천호동에서 신촌을 오가는 언덕길. 나는 비가 내리는 날이 싫었다. 왼손이 없는 나에게는 그 자체가 도전이고 시련이었기 때문이다.

그렇지만 학생이 늘어나는 것은 가족이 늘어나는 것 같았다. 얼마나 학생들이 많았던지, 앉아 있는 학생들은 물론이거니와, 서 있을 공간조차 없을 정도였다. 전기도 없이 저녁 6시부터 밤 11시까지 초롱불에 야간학교를 운영하다 보면, 나와 선생님들은 늘 분필가루에 목이 잠겼다.

학생들이 끊임없이 늘어나면서 나는 내가 학생이 본업인지, 선생이 본업인지 혼란스럽기까지 했다. 있는 것을 모두 다

서울천호고등공민학교 제1회 졸업사진

내놓아야 했고, 없는 것은 꿔서라도 메울 수밖에 없었다. 하지만 살림이 거덜 나면 날수록 보람과 함께 뿌듯한 행복은 점점 커져 갔다. 어렵고 힘든 생활은 이미 나에겐 익숙해 있었다. 그것은 어쩌면 정신적으로나 육체적으로 평생을 안고 가야 하는 나의 고충보다 오히려 쉬운 일이었다. 내게 손을 내미는 사람들이 있다는 것, 내가 세상을 상대로 도울 것이 있다는 것은, 누구나 세상을 도울 수 있다는 것을 의미했다. 나는 가슴이 벅차오르기 시작했다. 불구의 몸이지만 여기서 내가 주저앉으면, 이 많은 사람들은 어쩔 수없이 모두 주저앉을 것이었다.

열악한 환경에도 봉사자들 역시 끊임없이 늘어났다. 학생들도 학생들이지만 무료봉사를 하는 선생님들에게 저녁식사 한 끼를 대접하는 것도 힘겨운 나날이었다. 식사라고 해봐야 아침에 통보리를 불려 지은 찬밥 한 그릇을, 저녁에 고추와 된장으로 내놓는 것이 전부였지만 그들 모두 그것만으로도 행복해했다. 어디서 그런 순수함과 열정이 나온 것일까. 무엇이 그들을 그렇게 만들었을까. 이 무렵 나는 굳건한 믿음으로 틈만 나면 기도를 드렸다. 이러한 우리의 사연이 얼마 지나지 않아 연세대 교지인 《연세춘추》에 소개되기 시작했고, 온 장안에 퍼졌다. 여기저기 교수님들과 학생들이 후원하기 시작하자, 학교 운영에도 힘을 받기 시작했다. 그것은 쌀이나 돈이 문제가 아니었다. 우리를 지켜봐주는 사람들이 있다는 것. 우리를 위해 기도하는 사람들이 있다는 것. 그것은 실로 엄청난 힘이었다.

## 15. 아내를 만나다

　내가 별빛 같은 그녀를 처음 만난 곳은 아스팔트 국도가 이천으로 가는 천호동의 자두밭 옆 시골길에서였다. 그녀는 너무 예뻤다. 시골길에 전혀 어울리지 않는 미모, 이런 곳에 와서는 안 될 사람이 한 발 한 발 다가올 때, 나는 두근거림에 그녀와 눈을 마주치기도 힘들었다. 그리고 온 신경이 왼손 의수에 가 있었다.

　학창시절, 결혼이나 여자 생각은 꿈도 꾸지 못했다. 그건 평상시 나를 바라보는 사람들의 시선에 내가 길들여져 있었기 때문이다. 가진 것 하나 없고 키가 크거나 잘생긴 얼굴도 아니고, 여드름투성이에 불구인 나를 바라보는 시선은 대개 똑같았다. 그들과 친구가 되거나 연인이 되는 길은 사업이나 공부보다 더 어렵고 험한 길이라는 것을 난 스스로 잘 알고 있었다. 어릴 적 구두통을 뺏기고 아이들에게 발로 차이고 짓밟힐 때에도, 나는 왼손의 빈자리를 크게 느끼지 못했다. 그러나 그녀를 보는 순간 나는 내 왼손에 미치도록 화가 나고 분한 나머지 슬픔까지 느꼈다. 왼손만 있으면, 세상은 모두 내 것이 되고 그녀도 차지할 수 있을지 모른다는 억울한 생각이 들어서였다.

그때만 해도 천호동의 땅은 거의 버려진 땅이었다. 천호동 땅뿐만 아니라 여기저기 빈 땅이 널려 있었다. 아무도 그 땅을 사려고 하지 않았고, 그래서 땅이 있다고 해서 부유한 것은 아니었다. 궁핍한 생활은 마찬가지였다. 고등학교 동창 녀석이 그녀가 다니는 교회의 성가대 지휘자였는데, 그가 그녀에게 같이 봉사하자고 권유해 흙투성이 시골까지 온 것이었다. 그녀는 이화여대 국문과에 다니고 있다고 했다. 나는 조심스럽게 그녀에게 국어 선생님으로 자원봉사를 해줄 것을 계속 권유했다. 그녀를 또 만나는 길은 이것밖에 없었다. 이걸 빌미삼아 그녀를 만나야 했다. 나는 긴장하고 있었다. 혹시라도 그녀가 이곳이 싫지는 않을지, 혹시라도 그녀가 내 손을 보고 있지나 않는지
…….

움막 같은 교실을 그녀에게 보여주는 내내 내 오른손은 유난히 분주했다. 의자를 가져오고 보리차를 가져오고……. 그날 따라 왜 그렇게 지저분한 것이 많은지 몰랐다. 그녀는 내 성의를 거절할 수 없었는지, 큰 고민 없이 흔쾌히 승낙했다. 그 순간 내 마음은 날아갈 것 같았다. 그녀가 옆에 있다면 난 무엇이든 할 수 있을 것 같았다.

그러나 당시 그녀는 병약한 상태였다. 천성적으로 체질이 약

한 탓에 쉬이 피곤을 느껴, 서울 광화문에서 천호동까지 봉사
하러 오기가 매우 어려운 상황이었다. 광화문에서 천호동까지
오려면 차를 두세 번 갈아타야 했는데 그나마도 버스가 자주
있지 않았고, 와서도 한참을 시골길을 걸어 들어와야 했다. 급
기야 그녀는 얼마동안 국어 선생님으로 봉사하다가, 더 이상 하
기 어렵다는 통보를 해왔다. 청천벽력 같은 말이었다.

그녀 때문에 활기가 넘치고 학생 모두가 생기가 돌고 있는
야학이었다. 나는 온갖 구실로 그녀를 달래기 시작했다. 그녀가
학교를 그만두면 나도 학교 문을 닫겠다고 맞섰다. 실로 어이없
는 이유였지만 내가 할 수 있는 마지막 협박이었다. 어디서 그런
용기가 나왔는지 나도 알 수 없었다. 다시는 그녀의 얼굴을 볼
수 없다는 것. 그것은 나에게 차라리 고문이었기 때문이다.


그 시절 연세대와 이화여대 사이
에는 작은 동산이 하나 있었다. 큰
길이 나 있지 않고, 나무만 무성하
게 있었던 아늑한 동산이었다. 나
와 그녀는 동산에 있는 아카시아나
무 하나를 골라 그곳을 만남의 장
소로 정했다. 전화나 휴대폰이 없던
시절이라 모든 것을 미리 정해두지
않으면 안 되었다. 몇 시에 휴강이라
나올 수 있다, 몇 시에 끝난다는 등

연세대학교 졸업식

의 메시지를 서로 약속된 나뭇가지 사이에 꽂아두면서 쪽지를 주고받았다.

나중에는 휴강이 없는 날도 일부러 휴강을 만들어 나무 아래에서 기다리기도 하고, 말도 없이 괜히 아침부터 나와 기다리기도 했다. 내가 기다리면 그녀가 왔고, 그녀가 기다리면 내가 갔다. 그렇게 우리는 그 나무 아래서 공부도 하고 데이트를 하는 행복한 시간이 영원하길 기도했다. 나는 꿈을 꾸고 있는 듯했다. 그녀가 옆에 있을 땐 나는 더 용감해지고 스스로 자신감에 넘쳤다. 그건 그녀에게 멋진 모습만 보여주고 싶은 표출 같기도 했고, 내 허물을 덮어보려는 나 자신과의 눈물겨운 사투 같기도 했다.

아내 송홍자

## 16. '상록수'의 주인공

　　겨울방학 때였다. 그녀가 살고 있는 광화문과 내가 살고 있는 천호동은 너무 멀어서, 우리는 첫눈이 내리면 시청 근처의 '태공'이란 다방에서 만나기로 약속했다. 이후로 나는 아침에 일어나면 하늘을 보며 눈 내리기만을 손꼽아 기다렸다. 그러나 눈이 내릴 것 같은 하늘에선 좀처럼 눈이 내리지 않았다. 하루, 이틀……. 얼마나 기다렸을까. 그러던 어느 날, 소망처럼 하얀 눈이 펄펄 내리기 시작했다. 꿈을 꾸는 것 같았다. 나는 준비해둔 옷을 입고 부랴부랴 광화문을 향해 미친 듯이 뛰기 시작했다. 가는 도중에 눈이 멈추면 안 되기 때문이었다.

　　그렇게 낮에는 학교 옆 동산에서, 밤에는 야간학교 교실에서 이어지는 우리의 인연과 사랑은 끝없이 계속됐다. 말 그대로 심훈의 소설 『상록수常綠樹』 같았다. 그녀가 수업을 마치고 천호동으로 올 때쯤이면 나는 자전거를 타고 마중을 나갔다. 몸이 약한 그녀가 정류장에서 다시 6㎞나 걸어오게 할 순 없었다. 그녀는 대단했다. 끈기가 있고 자기 말에 책임을 질 줄 아는 여자였다. 혼자서 매일 여기까지 오는 길은 웬만한 정성 없이는 할 수 없는 일이었다. 차를 갈아타고 두 시간도 넘게 걸리는 길이었다. 나는 그런 그녀를 사랑하지 않을 수 없었다.

그녀를 태운 자전거는 언덕을 올라가도 전혀 힘들지 않았다. 내겐 튼튼한 두 다리가 있었고 믿음직스러운 오른팔이 있었다. 그리고 그녀를 업어줄 넓은 등도 있었다. 이 황망한 땅에 세운 허름한 학교는 하나님이 주신 요새 같았다. 사랑의 요새. 저녁은 저녁대로, 밤에는 밤길 때문에 버스가 다니는 곳까지 데려다 주어야 했는데, 둘이 그 길을 걷다 보면 누구라도 사랑에 빠질 수밖에 없었다.

대학 재학 시절 자전거 타고 달리던 모습

그런데 어느 날, 기어이 막차를 놓치게 된 일이 발생했다. 보통 수업은 밤 10시에서 11시 사이에 끝나는데, 그날은 어쩌다가 수업이 늦게 끝나는 바람에 그만 서울로 돌아가는 막차를 놓친 것이다. 그때는 12시 통행금지시간이 있을 때였다. 나는 그녀를 안심시켜야 했다. 그녀를 차지하고도 싶었지만 지키고도 싶었다. 곱게 자란 그녀, 나와는 전혀 상대가 안 되는 그녀, 더구나 그녀의 어머니 역시 대학을 나온 엘리트라고 했다.

밤새 이야기를 하고 있으면 곧 통금이 풀릴 터였다. 그렇게 초록의 논과 밭으로 덮인, 지금의 워커힐 건너편 광나루 모래사장의 흰한 달빛 아래 도란도란 이야기를 하다가 둘 다 그만 잠이 들어 버렸다. 그리고 아침이 되어 깨어난 우리는 손을 꼭 잡고 잠들었다는 것을 알았다. 그때 그녀는 나와 결혼해도 될 것 같다는 확신이 들었다고 오랜 시간이 지난 훗날 말했다.

그녀와 함께 야학을 일궈가며 문맹을 깨우치는 학생들이 점점 늘어가면서 우리는 3개의 교실을 더 지었는데, 6촌 이모부<sub>전 2군단 사단장인 허순오 장군, 토지개발공사 사장</sub>의 도움으로 불도저를 지원받아 수월하게 교실을 지을 수 있었다. 그리하여 1962년 '천호고등공민학교'로 인가를 받아 학생들을 가르치는 보람을 더할 수 있었다.

그녀의 집안에서 보기에 나는 소위 '3·8 따라지'였다. 제대로 된 직업도 없이 봉사활동만 하고 있고, 몸도 불편하니 그야말로 최악의 조건이 아닐 수가 없었다. 그럼에도 불구하고, 끈질기게 그녀와 인연을 이어가며 마침내 결혼 허락을 받아냈다. 그리고 드디어 우리의 인연도 결실을 맺게 되었다. 나는 외아들이기 때문에 어머니를 모셔야 한다는 조건 하나만 내세웠고, 동시에 그녀를 이 세상에서 제일 행복하게 해주겠다고 약속했다. 그녀도 나의 진심에 응답하며 다음과 같은 조건을 내세웠다.

첫째, 손찌검을 하면 그날로 이혼한다.

둘째, 몸이 약하니 가전제품을 우선적으로 구입한다.

　　(당시에는 세탁기도 없었다!)

셋째, 마흔이 넘으면 같이 여행을 시작한다.

1963년 연세대학교를 졸업하고, 1964년 그녀가 이화여대를 졸업하면서, 7년간의 교제 끝에 드디어 우리는 화촉을 밝혔다. 그때가 1966년 4월 1일이었다. 종로예식장에서 충현교회의 김창인 목사님께서 주례를 섰는데 우리에겐 둘 다 아버지가 안 계셨기 때문에, 결혼식 준비를 모두 스스로 해야 했었다. 그래서 결혼식 당일, 우리는 너무 힘들고 피곤한 나머지 겨우 버티고 서서, 손을 얹은 목사님의 축도 때 덜덜 떨었던 기억이 아직도 생생하다.

힘들게 결혼은 했지만 가진 게 없어서 살림은 엉망이었다. 게다가 학교의 재정도 밑바닥을 치며 우리를 힘들게 했다. 이리저리 돈을 꾸러 다니고 아내의 친척들에게 돈을 빌릴 정도로 형편은 매우 어려웠다. 둘째아이가 100일인데 떡 한 조각도 해주지 못하고, 우유 살 돈이 없어 외상으로 우유를 사기도 했다. 한때는 아내의 친척으로부터 큰돈을 빌린 적도 있는데, 제때에 돈을 갚지 못해 결혼할 때 해주었던 금패물을 아내가 모두 팔아 겨우 갚은 적도 있었다.

그러나 가난은 우리의 마음을 멀어지게 만들지 못했다. 우리는 행복했다. 가난하면 가난 할수록 우리는 서로 더 의지했고 그때처럼 손을 꼭 잡았다. 없는 형편에 비록 끼니도 제대로 못 챙겼지만, 우리는 아이들을 가르치는 보람으로 배가 불렀다. 부자가 아니라도 얼마든지 행복할 수 있다는 것을 그때 알았다. 마음이 부자였기 때문이었다.

　이제 생각해 보니 그것은 사랑이었다. 아내에 대한 사랑, 학교에 대한 사랑, 그리고 가난한 학생들에 대한 사랑. 나는 행운아였다. 내가 겪은 움막엔 늘, 찬바람을 따라 사랑이 숭숭 들어왔다.

# 17. 더 넓은 세상으로

사랑은 분명 위대했지만, 끝없이 다가오는 가난에 그 사랑이 얼마나 견딜지는 알 수 없었다. 더구나 그녀는 이런 생활을 결코 해본 적이 없는 사람이었다. 학교 살림, 가정 살림에, 갓난애들도 연년생으로 키워야 했고 밤에는 학생들까지 가르쳐야 하는 고난의 행군 앞에, 언제 무릎을 꿇을지 알 수 없었다. 학교가 커질수록, 학생들이 많아지면 많아질수록, 우리는 점점 더 궁핍해지고 힘이 들었다. 그렇다고 오는 학생을 막을 수도, 학교 문을 닫을 수도 없었다. 엎친 데 덮친 격으로 정부의 문교정책까지 들쑥날쑥했다. 1967년 여름, 국가정책<sub>권오병 문교부장관</sub>의 개정으로 중학교가 조추첨, 또는 제비뽑기로 정해졌다. 학교 운영이 더욱 어려워진 것이었다. 밤잠을 이루지 못하고 학교일에 매달렸지만 해마다 바뀌는 법령에 쫓아가기도 버거웠다. 나는 무슨 방법을 찾아야 했다.

그 무렵 한국은 여러 가지로 혼란한 시기였다. 5·16으로 군
정이 들어서고 연일 불순분자와 간첩을 소탕했니, 안 했니 하
며 사회가 불안하기 짝이 없었다. 정보부에서 빨갱이 색출에 나
서고 그것이 이북에서 내려온 간첩이라는 등, 이북에서 피난 온
사람들은 자칫 재수가 없으면 굴비처럼 엮여 들어갈지도 몰라
이래저래 불안에 떨어야 했다. 무장공비가 내려오고, 김신조 일
당의 청와대 습격사건으로, 서울이 발칵 뒤집어지는 등 온 국민
이 공포에 떨어야 했던 때도 이때였다. 정말 금방이라도 전쟁이
날 것 같았다.

이북에서 피난 내려온 사람들은 대개 같이 모여 살고 있었
는데, 그들의 걱정은 더했다. 생활로만 따지면 전쟁 전까지는 오

1971년 가족사진(이민 떠나던 해)

히려 이북이 살기 좋았던 것 같다고 입을 모았다. 천호동 학교 근교에 벽돌공장을 운영하며 명덕교회를 세운 김종기 장로도 예외는 아니어서, 매일 한숨을 쉬며 이대로는 살 수 없다고 하소연했다. 김장로와 나는 무척 가까운 사이였다. 그 역시 이북 출신으로 나를 잘 알고 이해해주며, 힘들거나 어려울 때 이야기 할 수 있는 몇 명 안 되는 사람 중 하나였다.

어느 날 김장로는 느닷없이 브라질 이민 이야기를 꺼냈다. 지긋지긋한 보릿고개에 언제 또다시 전쟁이 날지 모르는 이 땅에서, 마냥 청춘을 보낼 수는 없지 않느냐는 것이었다. 더 넓은 세계로 나가 큰일을 해야 하지 않겠냐며, 그곳에서 자신은 교회를 짓고 하나님의 말씀을 전하고, 나는 학교를 지어 교포자녀 등 더 많은 사람들을 배움의 길로 인도해야 한다는 것이다. 당시 '이민'이라는 말은 생소한 말이었다. 이민을 가는 사람도 없었고 보내주지도 않았다. 그리고 브라질이란 나라가 어디 있는지 내겐 아프리카처럼 들렸다.

하루, 이틀 그의 집요한 설교(?)에 나는 점점 마음이 움직이기 시작했다. 그도 동행이 필요했던 듯했다. 이 엄청난 도전에 혼자서는 도저히 용기가 나지 않는다는 것을 나도 잘 알고 있었다. 아무것도 모르는 내 아이들에게, 그리고 이제 막 단꿈에 젖어 있는 아내에게, 또 다시 피비린내 나는 전쟁을 겪게 하고 싶진 않았다. 가난은 참을 수 있어도 전쟁은 참을 수 없었다. 전쟁 때문에 가족을 또 잃을 수는 없었다. 어머니 역시, 전쟁의 상처가 깊으신 분이었다. "그래! 나갈 수만 있다면 더 넓은 세상으로 나가, 자식들과 한껏 살아보자!"하시며 승낙하셨다. 문제는 아내였다. 우리야 만주에서 이북으로, 그리고 이북에서 이남으로, 여기저기 떠돌아다니는 삶에 이골이 나있지만, 서울 한복판에서만 살던 아내를 타국으로 빼내는 일은 쉬울 것 같지 않았다. 당시는 사람들 모두가 이민을 떠나면 다시는 돌아오지 못한다는 의식이 팽배해 있던 시기였다. 그것은 생이별이고 마지막을 의미했다.

하지만 그녀는 작고 연약하지만 뜻밖에 당찬 구석이 있었다. 그녀 역시 이민을 받아들이고 있었다. 젖먹이와 두 연년생 아들 셋을 줄줄이 데리고, 그 먼 땅에서 어떻게 살아갈지 앞이 캄캄한 형국이지만, 아무렴 이것보다야 낫지 않겠느냐 하는 비장한 심정 같았다. 순간 나는 미안하기도 하고 갑자기 두렵기도 했다. 아내와 초롱초롱한 아이들의 눈들이 하나같이 나를 쳐다보고 있었다.

그 당시엔 이민법이 존재하지 않았을 때라, 보건사회부를 통해 신청한 지 약 2년 만에야 이민 허가를 받았다. 이것저것 다 까먹고, 진이 빠질 대로 빠진 다음이었다. 1971년 11월 13일이었다.

이민 대열은 우리 식구뿐만 아니라 누이들과 매부, 매제 식구들까지 열다섯 명이나 되었다. 김포공항이 바글거렸다. 거기다 정들었던 우리를 환송한다고 나온 학교 선생님들과 학생들, 목사님들과 신도들, 친구들까지 200명이 넘는 인원으로 공항은 비좁아 보였다. 목사님의 기도가 끝나고 그때 다 같이 부른 찬송가가 "요단강 건너가 다시 만나리……"였다. 김포국제공항은 온통 울음바다가 되었다. 이제 떠나면 다시는 못 볼 것이었다. 나는 흘러내리려는 눈물을 애써 감췄다. 나는 용감한 척해야 했다. 모두의 시선이 내게 있었다. 이제 나는 두려움도 없어야 했고 슬픔이나 좌절, 외로움따윈 생각해서는 안 되었다. 올망졸망한 아이들, 화초 같은 아내, 그리고 상처투성이의 가엾은 어머니. 식구들의 목숨이 내 오른손에 달려 있었다. 탑승구를 향하는 나는 비장한 마음으로 눈물의 기도를 올렸다.

하나님! 제게 힘을 주실 거죠?
저와 같이 이 길을 동행하실 거죠?
제 왼팔이 되어 주실 거죠?

영문도 모르는 아이들 셋이 쫄래쫄래 따라오고 있었다.

# 2장

## 브라질로 건너가다

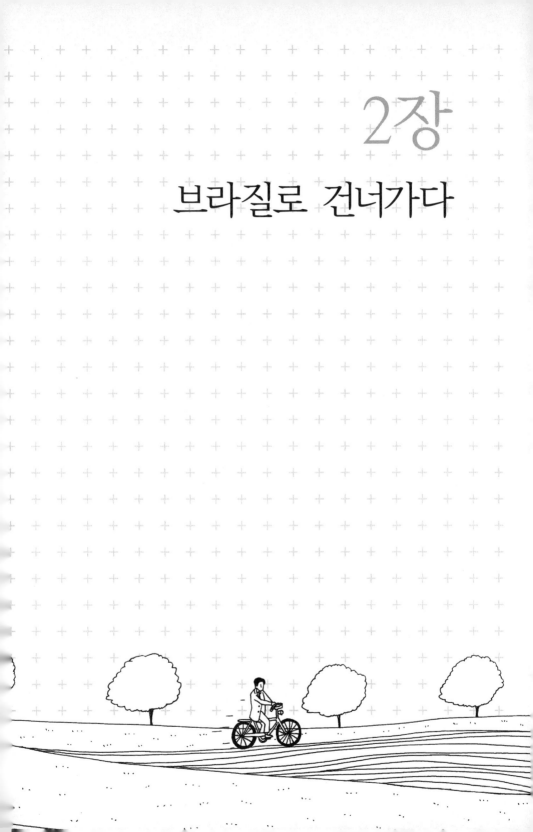

## 18. 브라질 이민

세상에서 제일 먼 길이 브라질 가는 길이었다. 우리 대가족을 실은 비행기는 일본 하네다 공항으로 갔다가 다시 하와이를 경유해 미국 LA에 도착했다. 아내는 울어대며 무릎에 앉아 있는 아이들을 달래느라 그 먼 거리를 여행하면서 녹초가 되어 있었다. 그 당시엔 어린아이에게는 좌석을 내주지 않았기 때문이다. 다시 거기서 얼마간 쉬었다가 3박 4일 동안 멕시코, 과테말라, 그리고 페루를 거치며, 남미 대륙의 안 돌아다닌 공항이 없었다. 마침내 브라질 상파울루Sao Paulo 꽁고냐스Congonhas 공항에 도착했을 땐, 다들 사람 몰골이 말이 아니었다.

아무것도 없는 빈 살림살이, 노동력이라고는 전혀 찾아볼 수 없는 식구들, 가져온 돈이라곤 두어 달 버틸 월세값이 전부였다. 천호동 땅은 당시 쳐주지도 않았고, 거저 준 대도 작자가 나서지 않는 실정이었다. 낯선 얼굴, 낯선 말, 온통 알아듣지도 못하는 기막힌 환경에서 우리는 어쩔 수 없이 똘똘 뭉쳐야 했다. 그러나 우리는 열여섯 명이나 되는 대식구였다. 하나를 찾아 놓으면 하나가 없어지는……. 공항에서부터 막막하고 숨이 막혔지만 그런 것을 생각할 겨를이 없었다. 너무 지치고 피곤해서 빨리 어딘가로 가서 쉬고 싶었다.

우리가 살게 될 아파트는 먼저 오신 이 목사님이 구해 놓은 고급아파트였다. 나는 이런 현대식 대리석 건물을 처음 보았다. 가족 모두가 대학을 나온 교장댁이 온다 하니 고르고 골라서 이 비싼 아파트를 얻어 둔 것 같았다. 교장이 돈이 없으리라는 생각은 안 해본 듯했다. 큰일이었다. 당시는 해외 이민자 한 가족에게 200달러밖에 해외로 반출을 허가하지 않았다. 그런데 이 목사님이 구해 놓은 아파트 월세는 자그마치 한 달에 300달러였다. 첫날부터 집세 때문에 잠을 이룰 수가 없었다.

애써 구해준 목사님에게는 죄송한 일이지만, 그곳은 위치만 좋았지 대로변 구석에 놓여 있어 시끄럽기 이를 데 없었다. 밤새도록 차 지나가는 소리로 집 안이 조용할 날이 없었다. 나중엔 결국 그 차 소리가 자장가 소리가 되었지만……. 나중에 안 일이지만 그곳은 이 지역 상파울루에서 가장 지대가 낮은 곳이었다. 비가 오면 온 동네가 가슴까지 물에 잠겼다. 게다가 상파울루는 900m 높은 고지에 위치한 고원이라 조금만 움직여도 맥이 빠지고 피로가 쉬이 왔다. 항상 머리가 아팠다.

브라질 이민 초기

나는 우선 돈 문제를 해결해야 했다. 당장이라도 나가 몸을 팔든, 노동을 하든 무엇인가를 해야 했다. 한국 같으면 길거리에 나가 움막이라도 치고 살겠지만, 여긴 말도 안 통하는 브라질이었다. 나는 말 한 마디를 못했다. 사람 사는 곳이 다 똑같을 줄 알았는데, 언어 문제가 이렇게까지 심각할 줄은 미처 생각지 못했다. 영어도 아니고 포르투게스포르투갈어, portuges는 도대체 무슨 소린지 그 말이나, 저 말이나 다 똑같이 들렸다. 그 당시 한포사전은 있을 턱이 없었고, 한영사전과 영포사전을 거쳐 겨우겨우 단어 한자씩 알아가는 수준이었다.

학교를 세우기 위해 브라질에 왔는데 교민이 거의 없어 한국말이 필요치 않았고, 브라질 말인 포르투게스도 모르니 난감했다. 당장 포르투게스를 숙달해야 하는 것이 시급한 과제였다.

말할 수 없는 막막함 가운데 홍성우 씨가 우리 가족을 저녁식사에 초대했는데, 그때 들었던 그분의 말씀은 '이민사회의 좌우명'이라고 불러도 좋을 만큼 중요한 것이었다. 우선 가장 먼저 한국에서의 모든 것을 내려놓고 새 출발할 것을 충고했다. 한국에서 교장생활을 하던 사람이 이 먼 타지에 와서 할 수 있는 것이 무엇이 있겠느냐며 새로운 마음가짐을 요구했다. 요행을 바라지 말라는 것이었다. 그러면서 그는 다음과 같은 네 가지 지침을 말해 주었다.

첫째, 이민에 성공한 먼저 온 사람을 따라가 배워라.

　　실패한 사람은 만나지 마라.

둘째, 사람들이 많이 선택하는 직업을 선택하라.

셋째, 한국 돈의 계산법을 잊고 현지 계산법에 빨리 익숙해라.

　　환산은 금물이다.

넷째, 현지 말을 최대한 빨리 배워라.

나는 그분의 말이 매우 타당하고 중요하다는 것을 깨닫고, 나 자신은 물론 가족들에게도 실천에 옮길 것을 지속적으로 얘기했다. 이민자의 첫 번째 목적은 일단 살아남는 것이었다. 살아남아야 무엇을 해도 할 것이었다. 이민자는 우선 그 목적의식에만 집중하는 것과 건강을 유지하는 것이 가장 중요했다. 그런데 그분은 그 목적이나 목표를 여러 곳에 동시에 두지 말라고 했다. 돈도 벌고 교육도 하고 여가도 건강도 여러 가지를 한꺼번에 달성하려고 하면 모두 잃는다는 것이다. 눈앞이 캄캄한 이역만리異域萬里 타향살이에서 한 가닥 실빛이 보이기 시작하는 순간이었다.

세 가족이 모여 리우데자네이루 관광

# 19. 구멍가게를 열다

나는 먼저 발품을 팔기 시작했다. 집 근처부터 시작해 먼 곳까지 하루 종일 걸어다니며 우리 가족을 부양할 수 있는 일을 찾아 헤맸다. 사실 택시나 다른 수단을 이용할 처지도 못되었다. 몇 개 적어가지고 다니는 언어로는 엄두가 나질 않았다. 얼마나 걸어 다녔는지 한국에서 떠날 때 샀던 새 신발이 한 달 만에 구멍이 날 정도였다.

서툰 포르투게스로 어렵게 산 빵 한 조각을 들고 상파울루 삐네이루스 강가<sub>Pinheiros River</sub>에 앉으면 서러움도 잠시, 멋들어진 건물들과 도로가 나를 마냥 생각에 잠기게 했다. 이런 건물들은 한국에서 본 적이 없었다. 당시 브라질은 전쟁 후 피폐해진 한국과는 상대가 안 되는 선진국이었다. 당시 상파울로 대

학 건축과는 세계 최고를 자랑하고 있었다. 그 모습을 보고 있
노라면 답답하고 황망한 현실에서도 금방이라도 무언가 될 것
같은 마음이 들기도 했다. 그러나 다시 뒤돌아보면, 여전히 집에
서 내 빈손을 기다리는 어머니와 아내, 그리고 아이들뿐이었다.
꿈과 환상에 젖어 이곳에 오면 모든 것이 순조롭고 행운이 될
것이라 생각했지만, 브라질은 내가 생각하던 브라질이 아니었다.
나는 잘못 온 것 같았다. 어디서부터 무엇을, 어떻게 해야 할지,
하루하루가 견디기 힘들었다. 그렇다고 그런 얘기를 해맑은 식
구들에게 차마 할 수가 없었다.

사실 나는 노동을 할 수 있는 입장이 못 되었고 그나마도
말을 못해 받아주는 곳도 없었다. 식구들은 내가 뚜렷한 직업
이나 비전을 구하러 매일같이 밖으로 나가는 줄 알고 있지만,
사실은 집에 있을 수가 없어서 나가는 날이 많았다. 초롱초롱
한 아이들과 아내 얼굴을 하루 종일 마주할 용기가 나질 않았
다. 그것은 차라리 고문이었다. 그러나 말도 안 통하는 공허한
거리를 온통 헤매다 빈손으로 들어갈 때면, 죽고 싶은 생각이
다시 들었다.

오랜 방황과 고민 끝에, 나는 우선 조그만 장사라도 하면
입에 풀칠은 할 수 있지 않을까 하는 막연한 생각을 가지게 되
었다. 그것 이외에 당장 내가 할 수 있는 일은 많지 않았다. 200
달러를 갖고 시내버스 정류장 근처 허름한 남의 집 차고를 개조
해 초콜릿, 사탕, 과자 등을 파는 구멍가게bonboneiro를 열었다. 그
곳은 사람들의 왕래가 그리 많지도 않은 길이었다. 몇 날 며칠

을 뚝딱거리며 선반을 만들고 페인트를 칠하면서 물건들을 들여놨지만, 처음엔 오는 사람이 없었다. 그리고 어쩌다 오는 사람에게는 말을 알아듣지 못해 팔 수도 없었다.

그런데 며칠이 채 지나기도 전에 우리가 신기했는지, 소문이 퍼지면서 기적이 일어나기 시작했다. 그 쪽으로 다니지 않던 손님들이 하나둘씩 그 길로 들어서기 시작하며, 손님들은 우리에게 포르투게스를 가르쳐 주기도 하고 스스로 물건을 찾아가거나 돈 계산도 해주는 등 오히려 역현상이 일어났다. 나는 그때 브라질 사람들이 얼마나 친절한 사람들인지를 알았다. 그들은 천성이 친절했다. 아직까지도 나는 세상에서 가장 친절한 사람들이 브라질 사람들이라고 믿는다. 나는 거기서 얼마나 큰 힘을 얻었는지 모른다.

당시 가게 앞에서

그 구멍가게는 그야말로 '맨땅에 헤딩'이었다. 할 것이 그것밖에 없어서 그거라도 해보고 최후를 맞자는 심정이었다. 그런 몇 평 안 되는 구멍가게에 손님이 끊이지 않고 새로운 물건을 대주겠다는 업주들이 생겨났다. 돈은 나중에 줘도 좋으니 물건만 받아달라는 것이다. 급기야 과일도 갖다 놓게 되었으며 겨울에는 와플도 구워 팔았다.

와플은 사실 아내를 만나던 시절이 생각나서 들여놓은 기계였다. 풀빵을 만드는 기계처럼 생긴 와플 기계는, 지나가던 업주가 기계 값을 받지 않을 테니 돈은 팔리는 대로 주면 된다고 해서 들여놓게 됐다. 와플이 익는 그 구수한 냄새는 고향을 생각나게 했으며 아내와의 짜릿한 만남을 생각나게 했다. 아내는 와플을 정말 좋아했다. 이 머나먼 이국땅까지 혈혈단신으로 나를 따라와, 외로움과 힘든 나날로 버티고 있는 그녀. 장사보다도 아내가 좋아하는 와플이라도 마음껏 먹게 하고 싶었다. 그런데 그 와플 굽는 냄새 때문에 가게 일대에 다시 소문이 퍼지기 시작했다. 손님들이 줄을 이었고 기다리다 재료가 동이나 그냥 빈손으로 돌아가는 사람들도 생겼다. 그렇게 정신없는 나날이 1년 반 정도 훌쩍 흘렀다.

하지만 구멍가게는 구멍가게였다. 언제 구멍가게가 망할지도 몰랐고 학교를 세우거나 다른 비전을 바라보고 이 일에 매달리기에는 한계가 있었다. 나는 가게를 아내에게 맡겨 가면서 틈만 나면 다른 일들을 알아보고 다녔다. 이제 이민생활도 어느덧 돌아가는 사정을 파악하게 되면서, 윤곽이 잡히는 듯했다. 유창하진 않지만 어렵게 소통이 가능하게 되었고, 브라질 사람들도 무섭게 느껴지지 않았다.


이 무렵 나는 한국에 다녀와야겠다는 결심을 하게 되었다. 그동안 학교를 운영하느라 관심 밖에 있던 여러 일들을 직접 배우고 새로운 일들을 찾기 위해서였다. 브라질과 접목시킬 일, 그것이 무엇인지는 나도 몰랐다. 하지만 그것은 꼭 한국에 있을 것 같았다.

## 2o. 머나먼 한국

　이민생활에서 가장 중요한 것은 어떻게 먹고사느냐 하는 것과 어떻게 아이들을 키우느냐는 것인데, 먹고사는 데 치중하다 보면 아이들의 교육은 엉망이 되어 나중에 뒷감당을 못하게 되어 있다. 그것은 언어와 그로부터 오는 문화적 환경의 차이 때문이다.

　브라질에 오자마자 큰아이를 유치원에 보냈다. 어느 날 몰래 숨어서 하루 종일 아이의 노는 모습을 지켜보았다. 또래의 다른 아이들은 웃고 장난치면서 노는데 우리 아이만 구석에서 웅크리고 있는 것이었다. 얼마나 속상하고 가슴이 아팠던지, 지금 생각해도 마음이 아려온다. 본인은 얼마나 답답하고 막연했을까. 더 나은 삶을 살기 위해 찾아온 이곳. 이민생활은 부모만 괴롭고 힘든 게 아니었다. 어쩌면 아이들이 더 힘들고 괴로웠을지 모른다. 이민생활에서 가장 어려웠던 일은 아이들에게 좋은 친구를 마련해주는 일이었다. 그래서 좋은 이름난 사립학교에 비용이 많이 들더라도 보내야 하는 부모의 책임이 있었다. 그래서 나는 한시라도 빨리 기반을 잡아야 했다. 아이들을 위해 좋은 친구가 있는 비교적 나은 학교를 물색해야 했고, 어려움이 있어도 가능한 명문 사립학교에 넣어야 했다.

그러나 내가 그 일에만 매달리도록 이민생활이 그렇게 호락호락하진 않았다. 무슨 일을 한 번 하려면 여전히 동분서주해야 하고 시간도 오래 걸렸다. 나는 애들 교육을 아내에게 맡기고 한국으로 갈 준비를 해야 했다. 기술이나 사업을 배우고 와야 하는 것도 그렇지만 학교 등 처리할 일이 있었기 때문이다. 그러나 그 시절 브라질에서 한국에 드나드는 일은 보통 어려운 일이 아니었다. 미국 등 여러 나라를 거쳐야 하기 때문에 오고 갈때 갑자기 비자가 취소되거나 무작정 체류하는 경우가 비일비재했다.

아내한테 모든 것을 맡기고 무작정 나온다는 것은 아내를 무인도에 떨구고 나오는 것처럼 미안하고 안타까웠다. 몇 달이 걸릴지도 모르는데, 천방지축인 사내아이 셋과 어머니 사이에서 매일을 전쟁같이 지낼 아내의 모습이 눈에 선했다. 그렇다고 아내는 그것을 내색하는 성품도 아니었다. 나는 비행기에서, 또 한국에서, 틈틈이 편지를 써서 아내에게 보냈다. 당시엔 전화가 없어서 편지 외에는 연락할 다른 방도가 없었다. 그때 그 버릇이

현재까지도 고쳐지지 않아, 어디를 가든 간에 수시로 아내에게 전화해 귀찮을 정도로 나의 행선지를 알린다.

　한국에 오자마자 절친한 친구인 오형근 씨당시 구세군 사령관를 만났다. 그에게 당시 한국에서만 생산되고 있었던 라이터 부싯돌 만드는 기술을 직접 배웠다. 또 사업하는 친구들을 만나 사업 공부를 하기 시작했다. 그리고 한동안은 장난감 자동차 만드는 일에 매달렸다. 이것들은 그 당시 모두 히트를 치고 있던 상품들이었다.

　그러나 제작에 관련된 기계들과 부속들을 잔뜩 사서 배로 부치고 브라질로 돌아왔을 땐 그것이 생각처럼 만만치 않으리라는 것을 느꼈다. 제작 과정에서 쓰는 '신나'에 늘 중독이 되어 2~3일 작업하고 나면 머리가 어지럽고 온몸이 나른해 도저히 정상적인 생활을 할 수가 없었다. 결국 다 포기하고 다시 원점에서 시작해야 했다. 하지만 아주 성과가 없었던 것은 아니었다. 열심히 살아가는 사업하는 친구들 덕분에 사업 수단과 요령, 큰 그림을 그릴 수 있었다. 그리고 그것은 나중에 이민생활에서의 큰 버팀목이 되었다.

　한국에서 시간이 흐르면 흐를수록 나는 초조해져 갔다. 이것저것 알면 알수록, 배우면 배울수록 무엇을 해야 할지 똑 부러지게 결정할 수도 없었다. 급히 이민 가느라 미처 처분하지 못한 재산들도 이리 뛰고 저리 뛰면서 마무리를 지어야 했다. 뭘 가져갈 수도, 그렇다고 그냥 돌아갈 수도 없는 상황, 그러는 동안 6개월이 흘렀다.

한국에서 브라질이라는 광야로 끌고 온 우리 가족을 어떻게든 책임져야 하는데, 마음은 급했고 두 나라는 너무 안 맞았으며, 태평양은 끝없이 멀었다.

## 21. 벤데도리

6개월 만에 브라질에 다시 돌아왔을 때 상파울루 공항에서 막내 녀석은 나를 알아보지 못했다. 녀석은 달려와서 안기지도 않고 '이게 누군가?' 하고 멀뚱멀뚱 바라만 보고 있었다. 그 옆에는 마음고생이 심했을 아내의 상기된 눈이 금방이라도 울음을 터트릴 것 같았다. 어머니는 매일 같이 나를 위해 기도를 올리셨다고 한다.

당시 브라질에 이민 온 사람들은 거의가 의류제품을 만들어 팔고 있었다. 그러나 나는 제품에 대해 전혀 아는 바가 없었다. 그러던 어느 날, 문득 일전에 이민 선배가 했던 말이 생각났다. "먼저 온 많은 사람들이 하는 것을 따르라"고. 궁금하기도 했지만 한편으론 내가 배울 수 있을지 걱정되기도 했다. 나는 몇 군데 유명한 제품집부터 찾아다니기 시작했다. 그런데 그들은 가르쳐 주기는커녕 경쟁자라도 대하듯 쌀쌀맞고 차가웠다. 그리고는 '벤데도리VendeDol, 방문 판매원'로 집집마다, 가게마다 돌아다니며 자기네 물건을 팔아오라는 것이었다. 참 서글프고 암담한 순간이었다.

다행히 한국에서부터 학교 차량을 이용해 열심히 학교 운동장에서 밤낮 배운 운전실력으로 행동반경을 넓히고 있었다. 이것이 이민의 첫걸음이 될 줄은 미처 몰랐었다. 차가 없이는 아무것도 할 수 없는 곳이었다. 대학을 나와 수년 동안 학교장을 하며 학생들을 가르쳐 왔는데, 이 낯선 곳에서 가가호호 방문하며 옷을 팔아야 한다고 생각하니 서럽기도 하고 답답하기 그지없었다. 그렇다고 내가 포르투게스를 유창하게 하는 것도 아니었다. 이제 막 걸음마를 뗀 수준이었다. 그러나 온 식구의 짐을 짊어진 나로선 선택의 여지가 없었다. 제품집에서 하는 일들은 모두 멀쩡하고 경험 있는 사람도 하기 힘든 일인데, 초년생인 나를 반겨줄 곳은 아무 데도 없었다.

나는 규모가 제일 큰 집에 찾아가 벤데도리로 나갈 테니 물건을 달라고 했다. 커다란 가방에 옷을 꼬깃꼬깃 넣고 가방을 질질 끌다시피 가게를 돌기 시작했다. 기웃기웃, 어색한 나의 몸짓은 내가 생각해 봐도 물건을 팔러 온 사람처럼 보이지 않았다. 그런데 신기한 일이 일어났다. 내가 그렇게 입담이 있는 것도 아니고 손짓발짓해 가며 물건을 보여줬는데 이상하게도 첫날부터 기다렸다는 듯이 물건이 팔리기 시작한 것이다. 나는 이 놀라운 상황이 이해가 안 됐다. 급기야 물건이 모자라 하루 만에

원주민들과 함께

다시 제품집으로 돌아가지 않을 수 없었다. 주인도 믿을 수가 없다며, 직접 가보고 물건을 더 주겠다고까지 했다. 외상으로 받았기 때문이었다.

자신감이 생긴 나는 물건을 현찰로 사다 팔기로 했다. 돈을 주고 가져가면 10%를 더 깎아준다는 것이었다. 발품 파는 데에는 나를 따라올 사람이 없었다. 만주에서, 또 이북에서 피난 내려올 때, 그리고 피난살이에서 겪은 숱한 경험들 때문이었다. 나는 걷고 또 걸었다. 그 결과 3개월 동안 200여 곳의 단골을 만들어내는 데 성공했다. 그들은 나를 마치 공장의 사장으로 보는 듯했다. 사장이 직접 물건을 들고 와 세일즈를 한다고 생각했다. 또한 그들은 샘플을 보여주며 "너, 이런 물건 만들어 올 수 있느냐?", "요즘 이 색깔에 이런 물건을 가져오면 얼마든지 사겠다"하며 장사를 가르쳐 주기도 했다.

한편, 아내는 집에서 다른 곳으로 이주하는 사람에게서 수틀을 싸게 구입해, 남의 제품에 수를 놓는 아르바이트를 하고 있었다. 사실 그 수틀도 구입하려고 해서 했던 것이 아니었다고 한다. 내가 한국에 머무는 동안 다른 나라로 가는 사람이 억지춘향으로 팔고 간 수틀이었다. 그러다 제품하는 사람이 와서 이것 좀 해 달라, 저것 좀 해 달라 하며 수 놓을 옷감을 떠맡기는 바람에 자기도 모르게 난생 처음으로 공업용 수틀로 수를 놓게 됐다.

마지못해 했던 벤데도리. 그러나 그것은 옷만 파는 것으로 그치지 않았다. 상점 주인들과 이야기를 나누면서 자연스럽게 브라질 장사에 대해 알게 되었고 브라질 사람들과 정을 쌓는 데 큰 도움이 되었다. 그것은 낯선 땅에서 뿌리를 내리는 토양과 같았다. 이제 단골가게만 해도 수백 군데가 생겼으니 제품만 만들면 파는 것은 문제없어 보였다.

결국 아내와 상의 끝에 천호동 땅을 처분한 돈으로 의류사업을 시작했다. '꼬엘료 디 오우로<sub>금토끼</sub>'라는 이름으로 여성복을 만들었다. 옷에 대해 아무것도 모르면서 공업용 재봉틀을 사고 재단칼을 사고, 재단대를 만들었다. 공장을 돌아다니면서 갖가지 부속을 구입하기 시작했다. 한 번 무작정 벌인 일들은 브레이크 없는 자동차처럼 정신없는 나날들로 이어졌다. 그런데 문제는 오버로크<sub>overlock</sub> 기계 등 공업용 재봉틀 기계에 대해 아는 사람이 가족 중 아무도 없다는 것이다.

## 22. 시행착오의 연속

아내는 오버로크 기계가 무섭다며 근처에도 가기 싫어했다. 페달을 조금만 밟아도 "드르륵……"하며 천 조각이 잘려져 나갔기 때문이다. 우리는 기계를 갖다 놓고 동물원 원숭이 바라보듯 몇 날 며칠을 방치하기만 했다.

일은 벌렸지만 여러 가지로 경험이 없었던 우리는 모든 게 생소하고 암담했다. 재단대를 만드는 것도 내겐 큰일이었다. 옮기고 나무를 자르는 일부터 톱질, 망치질에 이르기까지 한 번에 되는 것이 없었다. 그렇게 고생은 고생대로 하고, 이왕 만들 거 무조건 크게 만든다는 생각에 겨우 만들어 놓았는데, 나중에 보니 방을 가로질러 양끝 통로조차 없도록 길게 붙여버릴 정도였다. 그래서 한쪽에서 반대쪽으로 가려면 재단대를 넘어가야 하는 웃지 못할 상황이 되기도 했다.

다음 날은 전동 재단칼을 샀는데, 너무 큰 것을 사오는 바람에 소량으로 제작하는 우리의 얇은 원단을 도무지 자를 수가 없었다. 원단이 이리 밀리고 저리 밀리고, 나중에야 작은 칼로 작업해야 한다는 것을 깨달았다. 어쩔 수없이 처음에는 손마디에 물집이 생길 정도로 모두 가위로 자르는 수밖에 없었다.

우리의 첫 제품은 재봉질을 몇 번 안 해도 되는 간단한 티셔츠였다. 견본을 보며 생긴 대로 이어붙이기만 하면 되는데, 경험이 전무한지라 우리에겐 그것조차 힘이 들었다. 오버로크를 칠 때마다 천이 뭉텅 잘려져 나가 비뚤어지고 짧아져서, 티셔츠가 결국 배꼽이 드러나는 배꼽티로 변해 버렸다. 그럭저럭 쓸 만한 제품을 만들기까지는 수없이 많은 시행착오를 겪어야만 했다. 하지만 자신이 없기는 여전히 마찬가지였다.

우리는 재단한 옷감을 가내공업인 바느질집에 맡기기로 했다. 아내는 집에서 옷을 재단해 맡길 수 있도록 준비하고, 나는 큰 가방을 들고 다니면서 옷가게를 통해 잘 팔리는 옷들을 모두 수집했다. 그리고 그것을 견본으로 재단하고 옷을 만들기 시작했다. 여전히 버리는 천 조각이 많고 시간이 오래 걸리긴 했지만, 옷가게 사장들의 마음에 들기 위해서 밤을 새워 가며 일에 매달렸다. 알지도 못하는 그들이 우리를 인정할 수밖에 없도록 하려면 신용과 믿음이 가장 중요했다. 어떤 날은 아내에게 우리가 만든 새 디자인의 옷을 입혀, 옷가게를 돌아다니며 판촉을 하기도 했다. 물론 돈을 주고 물건을 사기만 했던 아내는

우리가 만든 물건을 팔고 돈을 받는 일이 마치 목을 매여 끌려
다니는 것 같이 어색해했다.

　여전히 원단 사는 것에 대해서는 도통 알 수가 없었다. 우리와
같은 일을 하고 있는 사람들에게 물어봐도 방법을 알려주지 않
았다. 그들에게는 우리 역시 경쟁자였다. 시내 센트럴 시장의 제일
큰 포목상들을 돌아다니며 한국 사람이 자주 가져가는 원단을
달라고 해도 쉽사리 내주지 않았다. 나는 어쩔 수 없이 내가 보기
에 괜찮은 것, 혹은 가게 사장들이 추천하는 원단을 사서 매번
아내에게 들고 갔지만 아내는 촌스러운 옷감들을 사왔다고 구박
하기가 일쑤였다. 나는 사실 세련된 놈이라기보다는 촌놈이었다.
색깔이나 디자인 같은 쪽에서는 맹탕이었다. 내가 예뻐 보이는 것
은 대개 남이 촌스럽다고 했다. 그렇다고 일단 사온 원단을 물릴
수도 없고 어찌됐든 뭘 만들어야 했다.
　그런데 우리가 촌스럽다고 여긴 옷들이 뜻밖에도 불티나게
팔리기 시작했다. 옷가게 사장들이 소문을 듣고 직접 찾아와서
선금을 주고 제품을 의뢰할 정도였다. 알고 보니 우리가 보기에
촌스러운 색깔이나 디자인이, 브라질 사람들이 선호하는 색과
디자인에 가까웠던 것이다. 물량이 정신없이 달리기 시작한 것
은 그때부터였다.
　우리는 끼니를 챙길 새도 없었다. 정신없이 밀려오는 주문량
을 감당하지 못해 낮과 밤이 따로 없이 일해야 했다. 그것은 돈
때문만이 아니었다. 그 물량을 제 때에 주지 못하면 상대 옷가

게가 장사할 수 없을지 모른다는 책임감 때문이었고, 그들에 대한 약속 때문이기도 했다. 비록 작고 허름한 옷가게라 할지라도 꼬박꼬박 기일에 맞춰 주어야 하는 것, 그것이 내가 살아온 생활방식이고 신조였다. 나는 궁핍한 가게일수록 더 꼼꼼하게 챙겼다. 내가 그 심정을 잘 알기 때문이다. 그들이 한 벌 파는 것과 대형 점포가 한 벌 파는 것과는 의미가 달랐다. 그럴수록 그들은 우리를 더 소중히 생각하고 더 기억하기 때문이다. 그들이 바빠야 내가 바쁘고, 그들이 커져야 내가 커지는 것이었다. 그렇게 그들과 나는 커 가고 있었다.

# 23. 하나님의 축복

밀려오는 주문량을 감당하지 못한 나는, 커다란 재단실을
따로 만들고 브라질 재단사 엘료와 나를 보조하는 호벨트를 고
용하며 본격적인 사업을 하기 시작했다. 엘료는 착실한 사람으
로 아침부터 밤까지 재단만 전문으로 하는 사람이었고, 호벨트
역시 성실한 청년으로 나와 같이 주문도 받고 배달도 했다. 창고
를 만들고 넓은 벽면에 선반을 제작해, 바느질집에서 찾아온 완
제품을 사이즈별로 채워 넣는 등, 이젠 제법 공장의 모양새를
갖추게 되었다.

재단을 하다 바느질집에서 옷을 찾아오고, 옷가게에 들러
부속과 원단을 사러 다니는 등 쉴 새 없는 날들이 이어졌다. 대
부분의 옷가게에서 우리 물건은 진열만 하면 보기 좋게 팔려
나갔다. 장사꾼들은 서로 먼저 가져가기 위해 꼭두새벽부터 우

리 집 앞에 줄을 서서 문 열 때만을 기다리고 있었다. 그러다 보니 우리는 잠을 잘 시간이 없었다. 안에서는 밤을 꼬박 새워가며 일을 해야 했다.

이런 일은 시간이 중요했다. 바느질집도 일이 끊어지지 않게 계속 대주어야 하고, 옷가게들에도 사이즈가 떨어지지 않게 적시에 옷을 공급해야 하므로, 그 일만 해도 일일이 체크하고 확인해야 했다. 너무 정신없고 잠을 못자서, 어떤 날은 배달을 가다 차가 신호등 빨간불에 걸리면 파란불로 바뀔 때까지 차창에 기대어 잠들기도 했다.

집에 찾아온 장사꾼들도 마주할 시간이 없어서, 따로 고용한 브라질 점원이 돈이고 뭐고 다 챙겨 주었고, 자기들이 알아서 각자 사이즈별로, 번호별로 제품을 찾아서 포장까지 해가는 등 난리도 아니었다. 물건을 누가 빼내고 집어가도 몰랐다.

우리는 꿈을 꾸고 있는 듯했다. 얼마나 벌었는지, 맞는지, 안 맞는지 돈을 셀 시간조차 없었다. 장사꾼들에게 판매로 받은 돈은 빈 박스에 채워 넣고 봉할 수밖에 없었고, 교회 십일조 헌금도 열 박스 중 한 박스를 그냥 헌금하기도 했다. 그런 날들이 수년씩이나 계속 되었다. 나는 이 상황을 기적이라고밖에 표

브라질 리우데자네이루 세계 최대 예수상 앞에서

현할 길이 없다. 그리고 그 기적은 내가 스스로 이룩한 것 같진 않았다. 아무것도 모르는 나 같은 장애인에게 어떻게 그 기적이 찾아왔을까. 의심할 여지없이 그건 분명 하나님의 손길이고 축복이었다. 그것 이외에는 설명할 길이 없었다.

브라질에 와서도 우리 가족은 끼니는 걸러도 교회를 거르는 일은 없었다. 힘이 들면 들수록 식구들은 모두 신앙의 힘으로 버텨 나갔다. 그것은 어머니의 힘이 컸다. 어머니는 뼛속까지 기독교인이셨다. 해방도 되기 오래전, 아버지가 만주의 어느 교회에서 어머니의 그런 모습에 반하셨다고 했다. 그런 어머니가 6·25전쟁을 겪고 아버지와 아들딸들을 잃은 후 매달릴 곳은 하나님밖에 없었다. 그 힘은 브라질이라는 외로운 타국 땅에서 더 열정적이고 헌신적으로 바뀌었다. 어머니는 거의 날마다 교회에 나가시는 것 같았다. 그것은 어쩌면 타국에서 어머니를 달랠 유일한 수단이고 소일거리였는지도 몰랐다. 어머니의 기도는 한결같았다.

"주님! 우리 가족을 더 이상 흩어지지 않게 해주시고, 은혜를 내리셔셔 늘 건강을 허락해 주시고, 우리가 십일조를 제일 많이 내는 가정이 되게 이끌어 주십시오. 우리 불쌍한 애비에게 힘을 주시어, 주님의 세상 앞에 당당히 나아갈 수 있도록 축복 주시고, 주님께 영광 돌릴 수 있도록 은혜 내려주시옵소서."

누군가 하나님이 어디 계시냐고 묻는다면, 나는 자신 있게 답할 수 있다. 하나님은 기도 속에 계시다고……. 땅이나 하늘이나 마음속이나 기도가 있는 곳이라면 어디든지. 그리고 기도는 반드시 이루어진다고……. 어머니의 절절한 기도, 아내의 애달픈 기도, 끊임없는 기도 속에 하나님이 응답하셨다. 그것은 축복이었다.

# 24. 주님이 하시는 일

어느 날 갑자기 바느질집에서 전화가 왔다. '다이마루'라는 원단의 앞뒤를 뒤집어 재단했다는 것이었다. 난리가 났다. 한두 장도 아니고 수천 장이었다. 제품에 대해 경험이 없었던 우리는 천의 앞뒤 면을 전혀 구별하지 못했다. 하루는 부엌에 있던 아내에게 앞면과 뒷면을 물어봤으나 아내는 무늬가 예쁜 쪽이 앞면일 거라고 해, 나는 예쁜 쪽을 앞면으로 삼아 원단 전량을 재단하고 바느질집에 맡겼다.

그런데 사태가 이렇게 심각해진 것이다. 사람들은 이제 '유 교장 집'이 망할 것이라고 수군댔다. 내가 교장이었던 관계로 당시 우리 집은 유 교장 집이라 불렸다. 나는 어쩔 수 없었다. 그 많은 원단을 버릴 수는 없었기에, 그대로 바느질을 하라고 밀어 붙였지만, 밀려오는 불안감에 바느질이 끝나고 출시하는 날까지 잠을 이루지 못했다. 그러나 그 불안한 예상은 보기 좋게 빗나갔다.

매일 같이 비슷한 디자인만 입던 브라질 사람들에게, 앞뒤가 바뀐 디자인은 더 신선한 패션으로 다가왔다. 이상하리만큼 사람들은 앞뒤가 바뀐 우리 제품에 눈독을 들였다. 다른 경쟁자들을 뿌리치고 실수로 앞뒤가 바뀐 우리 제품만 불티나게 팔렸다. 이젠 모든 제품의 앞뒤를 뒤집어 만들어야 할 판이었다. 부르는 게 값이었고, 주문량이 넘쳐 아무리 애를 써도 생산량은 주문을 따라가지 못했다. 잘못 만든 우리가 더 황당한 사건이었다.

그리고 겨울이 다가왔다. 브라질의 겨울은 그리 춥지는 않았지만 그래도 겨울은 겨울이었다. 여기저기 옷가게를 보러 다니며 이번 겨울에 유행할 옷 스타일을 알아보고 있던 중, 늘 거래하던 단골가게에서 옷을 하나 추천받았다. 하지만 공장을 아무리 돌아다녀도 그 옷의 원단을 도저히 구할 수가 없었다. 발 빠른 다른 동종업계 사람들이 이를 알고 모조리 원단을 구입해 품절이 되어 버린 것이었다.

구석구석 며칠을 다닌 끝에 겨우 한 군데 천 공장을 찾게 되었지만, 그 공장에서는 원단 전량을 구입해야 팔겠다고 했다. 우리는 여태껏 그렇게 많은 원단을 본 적이 없었다. 잘못하면 원단을 끌어안고 거리로 나앉을지도 몰랐다. 그러나 나는 주저 없이 그동안 모은 자금을 전부 털어 원단 전량을 구입했다.

그런데 갖다 쌓아놓을 데가 없었다. 천 공장 사장은 좁은 창고 때문에 한시라도 빨리 가져가라고 했다. 나는 며칠만 말미를 달라고 부탁하고 나르기 시작했다. 컨테이너박스 가득한 원단이 느닷없이 우리 집 주차장으로 들어올 때 아내는 놀라서 입을 다물지 못했다. 제 정신이냐고…….

놓을 데가 없으므로 서둘러 재단해서 출고시켜야 나머지 원단을 또 가져올 수 있었다. 양재는 물론 봉제도 잘 모르는 우리는 다른 사람보다 먼저 출시할 욕심으로 서둘러 재단을 시작했다. 옷을 만들 때 처음 샀던 큰 재단칼을 이제서야 제대로 사용하게 되었다. 그러나 그 많은 원단을 몇 날 며칠 재단하고 나중에 옷이 나왔을 땐 눈앞이 캄캄했다. 나는 인조 밍크털에 결이 있다는 사실을 알지 못했다. 우리의 제품은 왼편과 오른편의 결이 서로 다르고, 팔은 어깨 위로 구부정하게 올라오게 되어 상식적으로 입을 수 없는 옷이었다.

고민이 깊어 갔다. 걱정이 된 우리는 선금도 받지 않은 채 팔린 만큼만 돈을 받기로 하고 옷가게에 옷을 외상으로 넘겼다. 그리고 혹시나 반품을 요구할까봐 전화도 받지 않았다. 전화벨 소리에 깜짝 놀라며 그 근처로 가지도 않았다. 도저히 그 많은 제품을 반품 받을 자신이 없었던 것이다.

그런데 브라질 사람들은 이미 우리 제품과 회사에 대해 알고 있는 듯했다. 저렇게 크고 유명한 제품집이 실수로 옷을 이렇게 만들 리는 없고, 이건 틀림없이 이번 겨울에 유행할 새 디자인일 것이라고 생각했던 것 같다. 게다가 지나고 보니 볼수록 독특한 스타일이었다. 그렇게 대이변이 일어났다. 곧 반품 전화가 아니라 주문 전화로 전화통이 불이 나기 시작했다. 또 한 번 옷이 거침없이 팔려 나갔다. 사이즈가 모자라자 일부러 잘못 재단된 옷을 다시 만들어 내기까지 했다.

알고 보니 브라질 사람의 체형이 한국 사람과 달리 팔이 약간 어깨 앞으로 올라왔기에, 그 옷이 그들과 딱 맞아떨어졌던 것이다. 그해 겨울 우리는 그 많은 원단을 모조리 처분할 수 있었다. 옷이 다 팔려 고마운 것도 그렇지만 그 많던 원단을 모두 처리할 수 있어서 고마움이 더 컸다.

브라질에서의 의류사업은 경험 부족으로 인해 옷을 만들 때마다 엉뚱한 실수가 이어져, 도저히 한 치 앞을 내다볼 수 없던 회복불능일 것 같은 상황들의 연속이었다. 하지만 거짓말같이 그 모든 일들이 감쪽같이 덮어지며 계속 전진하게 떠밀었다. 이건 내가 한 일이 아니었다. 주님이 하시는 일이 틀림없었다.

# 25. 이민자의 교회생활

　그 무렵 우리는 한국에서 같이 브라질로 넘어온 L 목사가 세운 교회를 다니고 있었다. 하지만 어느 날부터 모신 목사님의 설교가 나는 영 마음에 들지 않았다. 한 얘기를 또 하고 또 하고. 아무래도 설교 준비를 제대로 안 해오는 것 같았다. 내가 신학대학을 나왔기 때문에 상세히 알고 있는 것도 문제지만, 대부분의 제직諸職들도 나와 같은 마음이었다. 성도들이 은혜를 받기에는 거리가 있었다.

　몇 날 며칠을 고민 끝에 우리는 그곳에서 나와, 미국에서 공부한 김석규 목사가 있는 교회로 옮겼다. 하지만 어머니는 L 목사님의 어머니와 친분이 두터워 끝까지 그 교회에 남으셨다. 그것 때문에 공연히 아내가 어머니의 미움을 샀다. 남편을 부추겨 교회를 나가게 했다는 것이었다. 당시 우리를 따라 나갔던 제직들이 상당수여서 교회는 물론 어머니의 심기가 불편했던 것이다. 그러나 어머니는 곧 내게, 각자 마음이 편한 곳에서 신앙생활을 하자며 더 이상 얘기하지 않으셨다.

결과적으로 한 집에 교회가 두 곳이다 보니, 하루는 이 교회에서 우르르 심방을 오고, 다른 하루는 저 교회에서 우르르 오고, 거기다 알고 지내던 다른 목사님들까지 들락날락래 정신이 없었다. 바쁜 와중에 아내는 매번 새로운 사람들을 마주하며 차와 음식을 준비해야 했다. 그래서인지 사실 내 교회, 네 교회가 따로 없었다. 게다가 이민 초기 브라질 교민들이 많지 않아서, 기꺼이 서로 도우며 허물없이 뭉치기도 잘 뭉쳤다.

나는 감사헌금이나 건축헌금 등 헌금을 양쪽 교회에 모두 내야 했다. 어차피 모두 하나님의 교회이고 하나님의 돈이었다. 당시 우리들은 돈을 모아 상파울루 시내 한복판에 교회 지을 땅을 샀는데, 그것이 지금 한인회관 등 다목적으로 사용되고 있다는 반가운 소릴 들었다.

호주 시드니 가나안교회 초창기 소풍 광경

김석규 목사는 말씀에 은혜가 충만하신 분이셨다. 나는 그분보다 설교를 더 잘하는 목사를 아직 만나질 못했다. 그분의 설교를 듣고 있으면 누구라도 감동받아 하나님 앞에 참회하고 눈물을 흘리며, 누구라도 기쁨과 은혜가 충만하게 됐다. 특히 그분의 기도에는 치유의 힘이 있었다. 질병을 앓던 성도들이 기적처럼 나았고 그 말을 듣고 찾아온 사람들이 교회의 안팎에 차고 넘쳤다. 굳이 우리 교회에 오라고 등 떠밀지 않아도, 교회는 늘 일찍 가지 않으면 앉을 자리는 고사하고 서 있을 자리조차 없었다.

게다가 김석규 목사님은 자기를 드러내지도 않는 겸손한 분이었다. 덕분에 성도들은 물론 나도 교회 가는 것이 즐거웠고 그분을 존경할 수밖에 없었다. 우리는 행운이었다. 이민 초기에 어떤 한 교회가 정직하고 성령이 충만해 부흥하고 있다면, 다른 교회들 역시 올바른 방향으로 나갈 수밖에 없었다. 장로나 제직들이 명예나 사리사욕을 채울 수가 없는 것이다. 교민사회가 좁기 때문에 그들이 그러면 그럴수록, 깨끗하고 부흥하는 교회는 자꾸 커져만 갈 것이었다.

나는 김석규 목사를 자주 만나 이야기를 나눴다. 그분은 미국에서 대학을 나온 엘리트였기에 미국생활에 대해 훤히 알고 있었다. 그때 브라질에 있던 사람들은 대부분 미국이란 나라에 대해 동경하고 있었다. 나도 그랬다. 미국에서 온 사람은 뭔가 특별나 보였고 대단해 보였다. 그곳에 가서 살아보고 싶었다.

이민자의 교회는 신앙 말고도 다른 특별한 무엇이 있었다. 외로움을 달래거나 참회나 축복의 기도를 하는 것 이외에도, 교회를 통해 서로 만나고 이해하며 정보를 교환하면서 서로 돕는 매개체 역할을 했던 것이다. 처음에 타국 땅을 밟는 사람은 아이들 학교에 대한 정보, 현지 생활, 음식, 문화, 교통, 직업, 정부기관 등 거의 모든 것을 교회에 가지 않으면 알 길이 없었다. 잠을 재워 주기도 하고 음식을 주기도 했다. 비자문제처럼 중요한 문제도 서로 도와주는 등 교회의 울타리는 정말 중요했다. 그러다 보면 교회를 가는 것이 즐겁고 주일이 기다려지는 신앙의 소유자가 되는 것이었다. 비록 나중에는 이리 찢기고 저리 갈라지고 하는 교회가 되었지만, 초창기 교회의 힘겨운 개척정신이 없었더라면 이민자들은 더 서럽고 힘들었을지 모른다. 그것은 목사나 교회의 힘이 아니라 하나님의 사랑이고 손길이었다.

## 26. 돈벼락

 

사업이 번창하면서 우리는 공장을 이전하고 옷 도매상들이 많은 '오리엔트'라는 곳에 가게를 얻게 되었다. 그러나 그곳 상가는 모두 유대인들과 아랍인들이 똘똘 뭉쳐 있었고, 가게 세 역시 터무니없이 비쌌다. 나는 할 수 없이 그 뒷골목에 커다란 차고를 빌려 페인트칠을 하고 타일을 발랐다. 선반과 진열대까지 갖추자 어엿한 가게가 되었다.

외진 이곳에다 가게를 열었냐며, 여기를 누가 오겠냐고 사람들은 말들이 많았지만, 단골들이 소문을 듣고 하나씩 찾아오기 시작하더니 금방 장사진을 이루었다. 상가가 많은 쪽은 오가는 사람들 통에 누가 손님인지, 도둑이나 강도인지 알 길이 없었지만 여기는 우리 손님밖에 없었다. 한 번 찾아온 사람은 다른 사람도 데려오는 바람에 매일 북적였다.

그런데 그동안 오리엔트 중심가가 너무 비싸 엄두를 못 내고 있었던 한국 사람들이, 우리가 문을 여는 것을 보고 근처에 하나씩 문을 열기 시작했다. 용기를 내기 시작한 것이다. 하나가 둘이 되고 둘이 다섯이 되고, 훗날 그 거리는 브라질에서 가장 유명한 한국의 패션 도매상가 거리가 되었다. 그리고 어느덧 사람들은 무조건 우리를 따라 하기 시작했다.

사업이 점점 확대되어 감에 따라 손님들의 입소문도 커져 갔다. 급기야 우리는 브라질 전국은 물론, 소문을 듣고 찾아온 페루, 콜롬비아, 파라과이, 아르헨티나 등 남미 일대의 많은 이웃 나라에까지 수출할 수 있었고, 심지어 미국과 캐나다에서 온 고객도 있었다. 사업의 급격한 회전과 발전으로 우리는 곧 돈을 주체할 수 없었다. 나중엔 너무 힘들다 보니 돈 버는 것도 귀찮은 날이 많았다. 하루는 아내와 같이 돈이 가득 담긴 자루를 어깨에 짊어지고 은행을 찾아갔더니, 총을 든 검은 피부의 브라질 경호원들이 우리를 막으려 했다. 강도로 오인한 것이다.

우리가 돈을 일일이 세어 정리하지 못하는 데는 이유가 있었다. 돈이 매번 각양각색이었다. 달러뿐만 아니라 브라질 화폐도 있고 여행자수표도 있었다. 각 나라의 화폐들이 매번 딱지같이 섞여 있었다. 브라질 화폐만 하더라도 이것이 도대체 큰 건지 적은 건지, 한화로 따지면 얼마나 되는 건지 감이 잡히지 않았는데, 여기에 다른 나라 돈이 들어오니 며칠만 지나면 뭐가 뭔지 구분이 안 갔다. 당시 과도기였던 브라질의 화폐 가치는 하루가 다르게 계속 추락하고 있었기 때문이다. 물가는 계속 오르고 화폐 가치는 떨어지자, 암 달러 시장이 기승을 부리기 시작했다. 달러를 사고파는 사람이 우리 가게로 찾아오는 날이 갈수록 늘었다.

한 손으로 하기에 제일 힘든 일이 돈을 주고받음과 거스름돈을 확인하는 일이었다. 한편 돈 세는 일은 하루 종일 그 일만 해야 겨우 끝마칠 수 있었다. 그때마다 아내가 나서야 했는데 아내는 아내대로 공장과 가게, 살림, 아이들 학교 일까지 신경 써야 해서 앉아 있을 시간조차 없었다. 그렇다고 돈 보따리를 남에게 맡길 수도 없고 바쁜 와중에 은행을 갈 시간도 없다 보니 박스와 자루에 담긴 돈들이 쌓였다. 수표를 분실해도 찾을 엄두도 못냈다. 어떻게 보면 우스운 시간들이었다.

아마존강의 30kg 물고기

교포들은 브라질 화폐를 믿을 수가 없다며 달러로 바꿔 미국으로 송금했다. 하지만 브라질 역시 돈을 밖으로 송금하는 데 제한을 두었다. 한국을 오가든가 미국을 다니면서 조금씩 은행에 넣어야 했다. 나도 어쩔 수 없었다. 하루가 다르게 폭락하는 브라질 화폐를 마냥 움켜쥐고 있을 순 없었다. 옷 속에 이리저리 감추고 짐 보따리에 넣어서 미국으로 향했다. 그러다 보니 한국과 미국을 자주 드나들게 되어, 가정을 홀로 지켜야 했던 아내에게는 아직까지도 미안한 마음이 남아 있다.

아내는 돈을 펑펑 쓰는 여자가 아니었다. 아니, 별로 흥미가 없다는 말이 맞을 것이다. 그녀는 자주, 왜 우리가 이렇게까지 고생하며 돈을 벌어야 하는지 의문을 달았다. 광화문 한복판 부잣집에서 살던 그녀로선 당연한 것인지도 몰랐다. 하지만 내 입장은 또 달랐다. 그 시절 장애를 가진 사람은 대개 지긋지긋한 가난과 평생을 함께 해야 했다. 누가 도와주지도 않았고 사회에선 그대로 버림받은 인간이었다.

　나는 그렇지 않다는 것을 꼭 보여주고 싶었다. 그래서 이를 악물고 힘든 일을 마다하지 않았다. 내가 일어서지 않으면, 소아마비 친구나 다른 모든 장애인들이 그대로 주저 앉을 것 같았다. 무시당하지 않기 위해서는 한 시간이라도 덜 자고 한 걸음이라도 더 뛰어야 한다는 것이 그때 내 심정이었다.

# 27. 불안한 사회

사실 브라질은 우리 한국과 닮은 점이 많다. 사람들의 생활 습성이나 인간관계, 정情 등이 우리나라를 빼다 박았다. 비가 오는 날, 거리에 물이 넘쳐 차가 멈춘 적이 있었다. 그때 길을 가던 사람들이 뛰어와서 비를 맞으며 함께 차를 밀어주고 한참 동안 이나 시동을 걸어주었다. 또한 길을 물어보면 기꺼이 말해주고도 내가 혹시 모를까봐 친절히 길 끝까지 안내까지 해주기도 했다. 길거리 상점에서 아이들이 과일이나 과자를 하나 집어 먹어도 크게 나무라지 않고 못 본 척 눈감아주는 브라질 사람들, 서민들끼리는 서로 돕고 살려는 따뜻한 마음이 기본적으로 깊이 자리하고 있다는 것을 알 수 있었다.

그러나 그 와중에는 정치가 혼란하고 사회가 불안한 틈을 타서, 도둑과 강도, 살인 등이 들끓었으니, 그것까지도 우리와 닮

앉다고 할 수 있다. 가게 주인을 살해하고 돈을 강탈해 가기도 하고 총을 들고 가게를 털어 가기도 하는데, 그때 목격한 사람까지 모두 죽이는 경우가 많았다. 안타깝게도 우리 교민들 역시 여기저기서 피해를 입고 살해당했다. 브라질 사회는 이처럼 여유롭고 낭만을 즐기는 모습과 대조적으로 서로 복잡하게 얽혀가며 유지되고 있었다.

아이들의 학교생활도 그랬다. 공책도 뺏기고 필통도 뺏기고, 학교에서 돌아오면 누가 뭘 훔쳐갔는지 자주 확인해야 했다. 돈이 있는 집안은 어른이나 아이들이나 모두 강도의 타깃이 됐다. 그래서 늘 같이 다니거나 주위를 살피는 버릇까지 생겼다. 돈이 문제가 아니라, 사람을 해하기 때문이었다. 가게에서 나올 때는 밖에서 한 사람이 미리 기다리고 있어야 했으며, 강도가 가져갈 돈을 미리 준비해 두어 강도 몫으로 챙겨 놓아야 했다. 그렇지 않으면 언제 불행한 일을 당할지 모르기 때문이었다.

사람들은 그 해답이 미국에 있다고 믿었다. 미국 달러의 가치는 떨어지는 법이 없었으며, 미국에서의 생활이나 교육, 그리고 문화들이 이곳과는 천지 차이였다고 입을 모았다. 어느덧 우리 식구들도 미국을 동경하게 되었고 당시 많은 브라질 교민들도 미국으로의 2차 이민을 알아보고 다녔다. 그러한 결정에는 우리 1세대의 삶보다도 자식들의 교육문제가 더 컸다. 포르투게스를 아무리 배워봤자 영어에 비할 바가 못 된다는 것이었다. 우리들은 그렇다 해도, 전 세계적인 공용어인 영어를 못하게 되면 2세들의 타향살이는 암흑에 가까웠다. 나는 또다시 고민에 빠졌다.

중앙성결교회

얼마나 더 돌아다녀야 이 생활이 끝나는 것일까. 어디가 내 고향이고 어디에 정착해야 되는 것일까. 어쩌면 내가 행복한 삶을 향해 욕심을 부리고 있는 것인지도 몰랐다. 그러나 나는 이제 싸우고 다치고 상처 입는 것을 다시는 겪고 싶지 않았다. 상처를 입는 것이 못 견디게 화가 나서 불량배 집단에서 남에게 상처를 주어도 봤고, 쫓겨 다니기도 했었다. 나는 내 가족들을 보호하고 싶었다. 가족도 보호하지 못하면서 무슨 다른 일을 할 수가 있느냐는 생각이 들었다. 브라질에서 가난하고 힘든 사람들을 위해 뭔가 해보겠다는 큰 꿈이 사라지고, 비겁하게도 내 자식과 아내를 보호하겠다는 작은 꿈으로 바뀌어 갔다. '그래! 미국으로 가야겠다.'

그러한 고민을 안고 미국을 오가던 중, 나는 그곳에서 뜻밖의 인연을 만나게 된다. 그리고 그 사람에 의해 내 인생의 항로가 바뀌면서 일생일대의 고난과 역경, 그리고 새옹지마塞翁之馬를 함께 겪게 된다. 나는 전혀 모르고 있었다. 우리의 삶 자체가 만남의 장이었다는 것을……. 내 앞에 또 한 번 파란만장한 세파가 다가오고 있을 줄을…….

## 28. 또 한 번의 도전

사업은 계속 번창을 거듭하고 있었으나 한편으로는 다른 위기가 찾아왔다. 주변의 아는 가게를 연 분들이 강도의 총을 맞아 죽고 칼에 찔려 죽은 것이었다. 어머니께서는 돈만 많이 벌어서 무엇 하겠느냐며 조용히 신앙생활을 할 수 있는 곳으로 떠나자고 말씀하셨다. 또한 영어권이 아니기에 아이들 교육상 미래도 생각해봐야 했다.

이러한 생각지 못한 문제들이 조금씩 드러나 보일 때쯤, 1976년 나는 우리 동네에서 같이 제품사업을 하던 김정남 장로와 미국으로 출장을 가게 되었다. 은행에 송금도 하고 미국으로 이민 갈 생각으로 이것저것 알아보기 위함이었다. 그런데 어느 날 우리는 샌프란시스코 거리를 걷다가 우연히 김정남의 사촌형인 동산유지 김정관 사장을 만나게 되었다. 그는 우지(소기름)를 수입하는 일 때문에 미국을 들렀다고 했다. 그때 김정남 장로는 김 사장에게 나를 소개하길, 브라질에서 제일 돈을 많이 버는 제품업계 사장이고 어마어마한 부자라고 얘기했다.

김 사장은 내게, 미국보다는 호주가 살기 좋고 소기름도 저렴해 얼마든지 수입이 가능하니, 호주에 가서 기름을 한국으로 수출하면 좋을 것 같다는 제안을 해왔다. 본사 사무실이 부산에 있는데, 그곳을 오가며 같이 사업을 하자는 것이었다. 호주에서 소기름을 한국 동산유지로 수출하고, 동산유지는 그 기름으로 완제품 비누를 만들어 다시 호주에 되파는 사업이었다.

미국에서 살 궁리를 하다가, 난데없이 내 머릿속에 호주가 등장한 것은 이때였다. 그때 대수롭지 않게 생각했던 제안은 브라질로 돌아와서도 쉽게 지워지지가 않았다. 당시 미국은 비자 받기도 어렵고 총기사고가 끊이질 않았다. 호주는 백호주의다 뭐다 해가며 비자 받는 것이 상당히 까다로웠다. 마침 막내 여동생이 2년 전에 호주로 이민 가 있던 터라, 일단 호주를 방문해 보기로 했다.

먼저 호주 대사관을 찾았다. 호주가 어떤 나라인지 알아봐야 했기 때문이었다. 하지만 호주 대사관의 반응은 냉랭했다. 방문비자를 내줄 수 없다는 것이었다. 그

미국 금문교 앞에서 김석규 목사와 함께

도 그럴 것이 그 시절 방문비자로 호주에 입국해서 체류기간 내에 출국하지 않는 사람들이 부지기수였기 때문이다. 나는, 내가 굳이 호주에 들어가서 안 나올 이유가 없다면서, 정 그렇다면 돈을 예치해 놓겠다고 말했다. 당시로선 적잖은 돈을 예치한 뒤에야 일주일짜리 비자를 받을 수 있었다.

우여곡절 끝에 호주에 입국해 시드니를 둘러보았다. 그러나 사람 사는 곳 같지가 않았다. 시골 동네같이 넓고 한가로운 것 외에는 별다른 매력을 느끼지 못했다. 사업을 할
가족사진

만큼 사람들이 많아 보이지도 않았다. 가족들과 입국하기 전에 두 번을 미리 방문했는데 좋은 점이라면 은행에 총을 든 경비원이 없는 것이었다. 브라질이나 미국 등 다른 서구 나라들과는 다른 점을 느낄 수 있었다. 호주엔 지금도 총 든 경비원이 없다. - 그러나 어머니는 한사코 호주로 가길 원하셨다. 어머니의 꿈은 다시 온 가족이 함께 모여 사는 것이었다. 어머니 손에 자란 핏덩이 같은 자식들이 나뉘어 사는 것을 가슴 아파하셨다. 사실 내가 미국에 간다 해도 무슨 뾰족한 수가 있는 것도 아니었다. 그래서 나는 결국 어머님 뜻에 따라 호주행을 결심했다.

한국 동산유지에서 동산유지 호주지사장의 서류와 함께 정식발령을 받았고, 이를 근거로 합법적인 비자를 받게 되었다. 그러나 브라질에서 호주 비자를 기다리려면 석 달이나 기다려야

했다. 그동안 다시 브라질로 돌아가 집과 사업 등을 정리해야
했다. 어머니는 어차피 호주로 들어갈 텐데 뭐 하러 돈 없애고
왔다갔다 하느냐고, 그냥 한국에서 기다리라고 한사코 말리셨
다. 브라질에 있는 가족들이 알아서 다 정리하고 한국으로 갈
테니, 거기서 만나자는 것이었다. 결국 제품사업은 셋째 누님에
게 맡기기로 하고, 나는 부산을 오가며 필요한 서류들을 준비
했다. 그리고 얼마 후 서울에서, 브라질 집안 살림 등을 처분하
고 새로운 이민을 준비하느라 한바탕 난리로 반쪽이 된 아내와
재회했다.

그러나 그것을 미안해 할 마음의 여유가 내겐 없었다. 단기
체류비자만으론 언제든 쫓겨날 수 있었다. 영주권이 아니었기에
다시 한국이나 브라질로 돌아가야 할지도 몰랐다. 나 때문에
아이들도 아내도 어머니도, 피난민처럼 이리저리 옮겨 다닌다고
생각하니 잠이 오지 않았다. 돈은 미국에 있고, 사업은 한국에
있는데, 몸은 호주로 가야 했다. 호주로 떠나는 날, 그날은 복
잡한 심정으로 밤을 꼬박 새웠다.

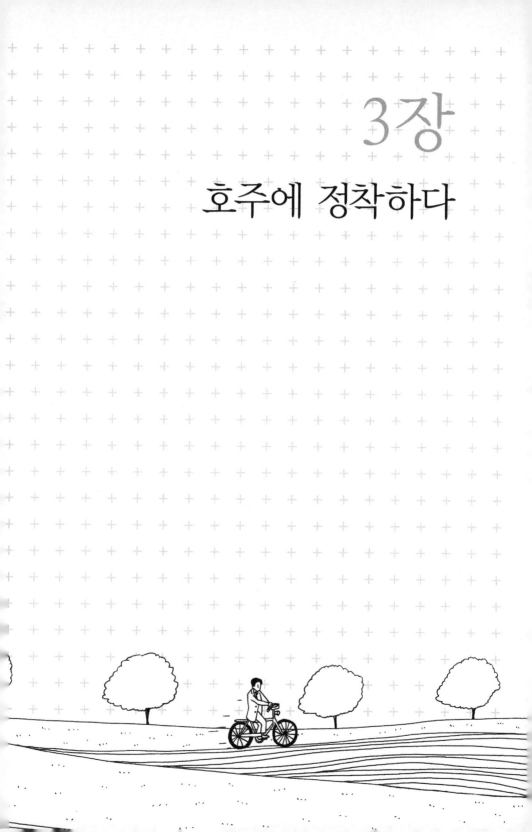

# 3장

## 호주에 정착하다

# 29. 지상낙원 호주로 떠나다

우리 가족들을 태운 비행기는 하얀 구름 위를 지나며 지구 남쪽으로 날아갔다. 세상에서 제일 먼 길. 그것은 당시 브라질에서 호주로 가는 길이었다. 미국으로 올라갔다가 태평양을 건너 한국으로 왔다가, 다시 지구 남쪽으로 내려가는 이 길은, 일부러 만들기도 힘든 고난의 길이었다. 때문에 이 길을 한 번만 지나가도, 다시는 비행기를 타지 않겠다고 결심하게 된다는 악명 높은 운항로였다. 하지만 사람들은 그 길의 끝에 우리가 바라는 지상의 천국이 있다고 했다. 우리를 배웅하는 모두의 눈빛은 한결같이 그것을 찬양하는 눈빛이었다. 당시 호주 비자는 매우 까다로웠다. 1년이 걸리고 2년이 걸리고, 비자만 바라보다 집 판 돈을 다 없애는 경우도 비일비재했다. 그래서 우리는 행운이었다. 비록 영주권은 아닐지라도……

천국이 있다면 정말 이렇게 먼 곳에 있을 것 같았다. 그러나 천국이 아니면 또 어떠랴. 나는 짐보따리를 더 이상 싸지 않기만 바랄 뿐이었다. 어릴 적부터 하도 짐을 싸다 보니, 뭐가 중요한 것인지 짐에 대한 애착이나 소유의식이 없어진 지 오래였다. 가구도 그렇고 살림살이도 굳이 좋은 것으로 장만할 필요도 없었다.

긴 여행에 지친 어머니와 아내, 그리고 아이들은 잠이 들었다. 브라질에서, 아내를 보면 아내가 딱했고 어머니를 보면 어머니가 딱했다. 어머니와 아내는 너무 달랐다. 보수와 진보가 나 때문에 할 수 없이 손을 맞잡고 있는 것 같았다. 나는 누구 편도 들 수가 없었다. 난리통에 살아남은 남자가 나 하나밖에 없어서, 내가 모시지 않으면 어머니는 갈 데가 없었다. 자식들을 더 끔찍하게 생각했던 어머니의 심정은 일찍이 6남매를 홀로 키워 오신 고통과 설움의 결과물이었다. 어머니는 특히 나에게 많은 믿음과 애착을 보이셨다. 내가 살아 있기에 어머니가 살아 계셨는지도 모른다. 그래서 나는 어머니에게 함부로 할 수가 없었다.

덕분에 아내는 낯선 환경과 문화 속에서 남자 아이 셋을 데리고 타국에서도 시집살이를 해야 했다. 장애가 있는 나에게 시집 와준 것만 해도 고마운 일인데, 악조건이란 악조건은 모두 갖춘 가정이었다. 타

호주 이민 초창기 캔버라에서 셋째 누님네와

국이 아니더라도, 일단 유복한 가정에서 자란 아내는 이북에서 피난 온 우리 가족이 낯설고 혼란스러웠을지 모른다. 살아남는 데 급급한 우리였다. 그걸 이겨내기도 전에 바라지도 않는 브라질로, 호주로 떠돌아다니는 셈이었다.

나는 마음이 급했다. 교회도 지어야 하고, 학교나 교육사업의 꿈도 버릴 수가 없었다. '이번 일만 끝나면… 이번 일만 끝나면…' 하는 세월이 어느새 10년이 가고 있었다. 하지만 일전에 목격한 시드니 거리는 온통 텅텅 비어 있었다. 평화로운 것도 좋지만 그것은 나에게 외로운 공포로 사는 내내 발목을 잡을 것이었다. 브라질은 그래도 사람 사는 맛, 부대끼는 맛이 있었다.

이 생각 저 생각으로 내내 눈만 감고 있던 나는, 호주 대륙 한 귀퉁이에 당도하고서야 깜박 잠이 들었다. 호주는 섬이라고도 하고 대륙이라고도 했다. 먼 옛날 이곳은 인도네시아를 잇는 대륙이었는데 세월이 흘러 떨어져 나왔다는 것이다. 그러나 땅이 워낙 넓어서 점보747로 횡단하는 데에만 5시간이나 필요했다.

눈을 떴을 땐, 너무 깨끗한 시드니의 모습이 아침 안개 속에 환상처럼 펼쳐져 있었다. 고향집 아침에 어머니가 가마솥 뚜껑을 열어 놓은 듯, 모락모락 피어오르는 하얀 김 속에서 차진 쌀밥들이 여기저기 반짝이고 있었다. 이제 여기서 나는 뼈를 묻어야 한다. 간신히 포르투게스를 막 익혔는데, 이제 영어만 써야 한다니 기가 막혔다. 중국말 했다가 일본말 했다가, 이북말 했다가 한국말 했다가, 브라질말 했다가…… 이젠 영어까지…….

1978년 12월 27일, 시드니 스미스 킹스포드<sub>Smith Kingsford</sub> 공항
에는 그렇게 국적이 불분명한 한 무리의 동양인 가족이 나오고
있었다.

# 30. 동산유지 호주지사장

시드니에 도착한 우리는 근처에 한인교회가 있는 스트라스필드Strathfiled에 집 한 채를 장만했다. 당시 한인이라고는 월남이나 제3국에서 건너온 몇 명 안 되는 기술 이민자, 또는 불법체류자가 전부였다. 어머니의 이민생활은 신앙생활밖에 없었다. 돈이나 집이나, 어머니에게는 아무 소용이 없었다. 그냥 교회만 옆에 있으면 그곳이 어디라도 어머니에게는 천국이었다. 그래서 교회에서 제일 가까운 곳에 나온 집을 아무 조건 없이 즉석에서 사버렸다.

나는 당시 시드니에서 제일 높았던 마틴 플레이스Martin Place의 MLC 빌딩 23층에 사무실을 내고 동산유지 지사를 차렸다. 호주에 발을 붙인 제1호 한국지사였다. 물론 한국동산유지 본사의 지원은 일절 없었기에 모두 우리가 가진 돈으로 사업을 해야만 했다. 가구를 들여놓고 직원을 고용하고 간판을 내걸고, 2년 전 먼저 들어온 자부와 함께 또다시 발바닥에 불이 나도록 뛰어 다니면서 소기름 수출을 위한 사업에 들어갔다. 이 호주 땅이 가도 가도 끝이 없어서, 농장이나 회사를 찾아다니려면 하루 종일도 걸리고 이틀, 사흘까지도 걸렸다.

얼마 되지 않아 수출이 순조롭게 진행되면서 동시에 한국의 완제품 비누를 호주에 수입해오기 시작했다. 수출 대금의 결제는 비누의 판매량과 맞물려 있기에 호주에서 이 비누를 꼭 팔아야 했다. 나는 비누 판매량의 추이를 유심히 살폈다. 가만히 보니 호주 사람들은 날이 더워 샤워를 자주 하는 편이었다. 때문에 각 공장과 기업 등 사업장 내에는 대부분 샤워시설이 갖춰져 있었다. 게다가 호주 사람들은 타인의 비누로 자신의 몸을 씻기 싫어해 많이 남은 비누라도 남이 쓰던 것이라면 버리고 새 비누로 씻는다는 것을 알게 되었다. 결과적으로 호주의 인구 대비 비누 소비량은 한국에 비해 거의 두 배 가까이 많았던 것이다.

그 당시 호주 비누는 한 개 당 50센트 정도였지만, 나는 여섯 개 들이를 80센트에 판매했다. 당연히 가격 경쟁력에서부터 경쟁업체보다 우위를 점할 수

첫 며느리와의 식사

밖에 없었다. '유니레버Unilever' 같은 거대한 기업도 우리의 단가를 도저히 따라올 수 없었다. 호주 시장에서 처음 판매되는 '묶음 상품 1호'였다. 슈퍼마켓부터 시작해 대형 백화점과 고급 체인점에서 우리 비누는 불티나게 팔려 나갔다. '데이비드 존스David Jones', '울월스Woolworths', '마이어Myer' 등 유명한 매장에서도 주문은 끊이지 않았다. 호주산 비누공장이 모두 문을 닫을 정도였다. 한국 방송에서는 비누 수출이 천만 개를 넘었다는 보도가 TV에 방영되었고, 우리는 수출 관련 상도 받았다. 또 한 번의 기적이 일어난 것이었다.

사무실에서

그러나 이번 기적은 그리 오래가지 못했다. 호주 비누공장 노조가 우리가 공장 문을 모두 닫게 만들었다며 고소했다. 그리하여 제소기간 동안 우리는 비누를 전혀 판매할 수가 없었다. 그 기간이 약 3년 정도 지속되었다. 그때가 1980년이었다. 재판에 들어간 돈도 상당했다. 그렇다고 한국에 소기름 수출을 안 할 수도 없고 마음고생이 이만저만이 아니었다. 그렇게 여러 번의 재판 끝에 약 3년 뒤 승소하긴 했다. 하지만 이미 단골들은 다 떨어져 나갔고, 다른 제품이 장악하고 있어서 우리에겐 재판의 결과는 아무런 의미가 없었다.

아직 비누 완제품이 가득한 수십 개의 컨테이너가 그대로였고, 돈은 돈대로 물려 있었다. 당연히 판매로는 모두 끊어졌다. 엄청난 임대료와 직원 월급에, 3년이 넘도록 수입은 없고 지출만 끝없이 늘어났있다. 나는 잠을 잘 수 없었고 밥도 먹을 수가 없었다. 자꾸 마르기 시작하더니 병원을 들락거리는 일이 많아졌으며, 물만 먹어도 토했다.

이때가 나에겐 최대의 고비처럼 보였다. 이 고비만 넘기면, 꿈 같은 세상을 활보하며 무엇이든 할 수 있을 것 같았다. 얼마나 힘들게 살아왔던가……. 천국의 문턱에서 이대로 주저앉을 수는 없었다. 그러나 나는 모르고 있었다. 고비는 아직 시작도 하지 않았다는 것을. 그것은 그리 멀지 않은 곳에서, 저벅저벅 소리를 내며 다가오고 있었다.

# 31. 파산

1983년 대한민국은 '장영자 사기 사건'으로 단기 CD(양도성 예금증서)가 모두 종잇장이 되는 사건이 터졌다. 이것이 얼마나 큰 사건인지, 꼬리에 꼬리를 물고 여기에 연루되어 있는 사람이나 기업들이 산을 이뤘다. 동산유지도 그중에 하나였다. 동산유지는 곧바로 부도가 나면서 법정관리에 들어가게 되었다.

그런데 당시 우리는 동산유지의 요청으로 300만 달러를 시드니 은행에서 대출받아 한국본사에 보냈다. 당시 300만 달러면, 현재 1,000만 달러 가치의 어마어마한 액수였다. 단지 30억 약속어음을 내 손에 쥐어주고 본사에서는 부도의 책임을 다른 이에게 떠넘기려고 했고, 현지 법인인 우리가 본사를 위해 대출받은 그 돈은 고스란히 떼일 처지에 놓였다. 아직 미결제된 수출대금이나 비누 판매량이 문제가 아니었다. 거액의 빚보증 때문에 그동안의 내 손해는 얘기조차 꺼낼 수 없었다.

시드니 집 한 채가 5만~10만 달러 정도였던 그때를 감안하면, 사태가 어느 정도로 심각한 사태였는지 짐작할 수 있다. 나는 억울했다. 그것은 순전히 본사의 책임이었다. 일단 아내에게 호주 집을 그녀 명의로 바꾸도록 했다. 집이라도 건져야 아이들과 살아나갈 수가 있었다. 그리고 문제를 해결하기 위해 그 먼 한국을 밥 먹듯이 오갔다.

한국에서 나 몰라라 한다면, 그 돈은 고스란히 내가 물어내야 했다. 변호사 등 관계자들은 우리 집에 차압이 들어올 것이라는 얘기를 했다. 부도 난 회사에 돈이 있을 리 없었다. 아내는 이참에 다 때려치우고 차라리 한국 가서 다시 시작하자고 어깃장을 부렸다. 보증을 설 때 아내가 성서에도 보증은 서지 말라고 써 있다면서 극구 반대를 했었기 때문이었다. 어머니는 누워서도 못다 먹을 돈을 서서도 못 먹게 만들었다며 한탄하셨다. 나는 그 돈만은 꼭 찾아야 한다는 일념으로, 부산 동산유지 근처 호텔에서 거의 살다시피 하며, 사업 실패의 쓰라린 뒷감당을 혼자 견뎌내야 했다.

부산 앞바다가 보이는 창문으로 호주 쪽을 바라보고 있으면, 멀리 나만 믿고 기다릴 가족들 생각에 잠이 오질 않았다. 이 일이 해결되지 않으면 나는 호주로 돌아갈 수도 없고 돌아가서도 안 되었다. 검푸른 바닷물로 그냥 뛰어드는 수밖에 없어 보였다. 가족들에게 미안했다. 그렇다고 당장 뾰족한 수가 있는 것도 아니었기 때문이다. 혼자 감당하기엔 너무 힘들고 외로운 시간들이었다.

매일같이 사람들을 만나고 변호사를 만나며, 오랜 시간 고군분투 끝에 투자지원금의 일부를 받아내는 것으로 마무리할 수밖에 없었다. 너무 많은 손해로 나는 파산 직전이었다. 그렇게라도 하지 않으면, 돈은 전혀 받아낼 길이 없을 뿐더러 재기조차 불가능했다. 특히나 신용사회인 호주에서의 파산은 한국에서의 파산과는 얘기가 달랐다. 다시는 사업을 못하게 될지도 몰랐다. 나는 전 재산을 끌어 모아 비누사업 때문에 생긴 빚을 남김없이 갚아야 했다. 그리고 다시 원점으로 돌아왔다. 막막한 시절이었다.

이 넓은 땅에서 이제 무엇을 해서 먹고 살아야 할까. 나는 동산유지의 소기름 때문에 다른 것은 생각해보지 않고 있었다. 그런데 이제 당장 먹고 살 것을 생각해야 하니 기가 막혔다. 이 궁리 저 궁리로 매일같이 고민에 고민을 거듭하다 보니 몰라보게 살이 빠져 한 10년은 먼저 늙은 것 같았다. 그나마 다행인 것은 교회가 가까이 있었다는 것이었다. 처음에 집을 살 때, 어머니의 권유로 교회와 가장 가까운 집을 무조건 계약했다. 5분 거리였다. 어머니는 아예 교회에서 사셨고, 아내와 나 역시 아무리 바쁜 일이 있어도 예배를 빼놓는 일은 없었다.

돌이켜보면 '하나님이 나의 목자'라는 믿음은 어떤 경우라도 희망의 끈을 놓지 않는 거대한 힘으로 작용했다. 아무리 힘들고 아무것도 없어도 하나님은 언제나 나를 인도해 주셨다. 어디로 어떻게 인도하시는 건지는 알 수 없었다. 그것은 오직 하나님만의 몫이었다. 우린 단지 집에서, 교회에서 끊임없이 기도만 할 뿐이었다.

# 32. 내가 만난 교회

그 시절 시드니의 교민들은 거의 스트라스필드 연합교회에 나왔다. 교회가 하나밖에 없어서였다. 교회를 나가야 친분도 쌓고 정보를 얻으면서 도움을 받을 수 있고 무엇보다 한국 사람을 만날 수 있었다. 어쩌면 믿음보다 외로움 때문이었을 수도 있다. 하지만 막막한 외로움의 끝에는 늘 주님이 서 계셨다.

우리 집은 교회 코앞에 있어서, 교인들의 놀이방과 사랑방이 되었다. 집을 살 때는 미처 생각지 못한 일이었다. 교회 예배가 끝나면 사람들은 우르르 우리 집에 몰려와서 뒤풀이도 하고 이민 얘기, 교회 얘기를 나누었다. 주말과 평일이 따로 없었다. 특히 호주에 사면령이 내려지기 전까지, 영주권이 없거나 불법체류자 신분의 교민이 상당히 많았는데 그들의 믿음이나 사연은 제각각 구구절절했다. 그리고 어느 누구도 딱하지 않은 사람이 없었다.

　초기의 한인교회는 열약하기 짝이 없었다. 가족이 없는 사람, 집이 없는 사람, 직장이 없는 사람, 비자 때문에 숨어 다니는 사람……. 그 와중에 남미에서 '떼부자'가 왔다는 소문이 퍼지면서 집 안은 온통 사람들로 북적였고, 공연히 시기와 미움을 사기도 했다. 어머니와 아내는 시도 때도 없이 집으로 들이닥친 사람들에게 식사를 대접해야 했다. 그것은 낙이기도 했고 괴로움이기도 했다. 오는 사람은 어쩌다 한두 번이지만, 그들을 맞는 사람은 거의 매일이기 때문이었다. 부잣집이 먹을 것이 없으면 안 되니까, 미리 음료수를 사다 놓고 고기와 채소, 과일 등을 항상 푸짐하게 비축해 두어야 했다. 나도 소 도살장을 다니며 매주 엄청난 양의 소고기를 들여놓다 보니 점원들은 우리가 정육점을 운영하는 줄 알고 있었다. 그리고 늘 집을 말끔히 청소해놓는 일은 모두 아내의 몫이었다.

한인교회 활동 가족창 장면

그런데 시드니 교회는 초창기 브라질 교회하고는 완전히 달랐다. 교인이 점점 늘어나고 한인사회의 재정이 불어나면서 감춰진 민낯이 드러나기 시작했다. 목사의 신앙심은 찾아볼 수가 없고 처음부터 무언가 작심을 하고 사업에 뛰어든 사람처럼 보였다. 자신한테 유리한, 이익이 되는 것만을 믿음이라고 고집하며 기도와 설교를 하고 그것이 하나님의 뜻이라고 몰아세우기 시작했다. 강제로 회칙을 바꾸고 반대하는 이들을 제명시켰다.

당시 그 교회는 호주에서 비어 있는 교회 중 하나였다. 아무도 쓰지 않아 언제라도 비어 있는 교회, 정부나 재단에 신청만 하고 꾸준히 사용하면, 내쫓을 사람도 없고 우리 것이나 다름없었다. 호주의 사회나 체제는 원래 그런 곳이었다. 자기 나라 시민들이 비어 있는 교회에서 예배를 드린다고 밖으로 내쫓고, 세를 받아 팔아먹는, 그런 형편없는 나라가 아니었다.

그런데 이 '사업권 목사'들은 B라는 목사에게(유나이팅 처치) 돈을 주고 교회를 샀다. 그는 한국을 잘 알고 한국말을 할 수 있는, 박정희 정권 당시 반정부세력으로 몰려 한국에서 쫓겨난 운동권 목사였다. 이후 호주 내의 교회들을 모아 재단을 만드는 교단의 총무로 있었는데 한국 사람의 특성을 잘 알고 있기에 사업수완이 기가 막혔다. 그리고 한국에서 정치권 눈밖에 있는 갈 데 없는 사업권 목사들이 그의 '가방들이'가 되었다. L, K, H 목사들이 그들이다.

그때부터 시작된 교회 부동산 사업이 현재까지 이어져, 유나이팅 처치는 호주 내 엄청난 땅과 건물을 소유한 대부호가 되어 있다. 물론 외형은 사회시설이라든가 재단 소유로 갖춰 있지만, 그것을 또다시 세를 주고 팔고 하는 행태가 끊임없이 이어지고 있다. 거기에 한국 교인들은 그저 희생양이었다.

신앙도 없고 쫓겨나다시피 건너와, 막노동에 청소에 어떻게 먹고 살까 전전긍긍하던 사람들이 목회를 하다 보니 말만 교회였지 엉망이었다. 목사가 욕은 기본이고 담배를 피우기도 하며 심지어 십계명을 어기는 것도 예사였다. 그들은 호주 교회의 시스템이나 실정을 전혀 모르고 알려고도 하지 않았다. 빨리 자리를 잡고 영주권을 받아 돈을 벌며 편하게 살고 싶은 생각뿐이었다. 만일 그때, 연합교회에서 호주 교회를 사지 않았더라면, 그런 실례를 만들지 않았더라면, 한인 동포들이 적어도 호주에서 교회를 사고파는 행위는 없었을 것이다. 그게 점점 진화하다 보니, 이제는 투자를 위해 미리 사두었다가 되팔기도 하고, 은행 이자까지 염두에 두고 돈을 빌리고 성도들을 다그치고, 이쪽 돈을 빼서 저쪽 돈을 갚고, 세를 놓고, 친인척에게 물려주고, 물러날 때 집 서너 채를 장만하는 것은 기본이 됐다.

이게 어떻게 하나님의 교회란 말인가. 신학을 배우지나 말았으면 좋았을 것을, 어쩌다가 내가 신학을 전공해서 이 같은 참담한 상황에 남몰래 가슴앓이를 해야 하는지 알 수 없었다. 내가 배운 신학은 이런 게 결코 아니었다.

어쨌든 연합교회는 당시 15만 달러로 교회를 소유하려는 B목사 측근 목사파와 그렇게 할 필요가 없다는 반대파로 나누어졌다. 그리고 목사파는 이 모든 일들을 일사천리로 강하게 밀어붙였다. 교회를 사고 테니스 코트 부지를 사서 목사가 좋아하는 테니스장도 만들었다. 이에 불만을 품은 성도들은 교회를 떠나기 시작했고 이때부터 오늘날까지 수백으로 갈라지기 시작하는 시드니 교회들의 단초가 되었다. 교회에 누군 들어오고

누군 들어오지 못하게 문 앞에 서서 사람들을 막았던 교회. 이
무렵 나는 교회와 믿음, 그리고 신앙이 너무 혼란스러워 가슴이
찢어지는 것 같았다. 교회란 무엇인가. 하나님의 교회는 과연 어
디 있는 것일까.

## 33. 가나안 교회

어릴 적, 골목어귀에 들어서면, "뻥이요!" 하고 장사꾼 아저씨는 늘 소리를 질렀다. 아이들은 귀를 막고 잔뜩 겁먹은 표정으로 앉아 있고, 곧이어 아저씨가 긴 쇠붙이로 뚜껑을 젖히는가 싶더니 "뻥!" 소리와 함께, 조그만 기계 안에서 순식간에 수많은 강냉이들이 숨을 헐떡이며 한없이 쏟아져 나왔다.

그 교회는 마치 뻥튀기 기계 같았다. 숨을 헐떡이며 갈라져 나온 사람들은 세포분열을 하듯, 순복음교회를 만들어 나갔고 제일교회를 세우고, 영락교회, 그리고 가나안교회를 세우며 정신없이 갈라져 흩어졌다. 그것은 민주화 운동 같았다. 그리고 시발점이었다. 오늘날까지 시드니 한인사회에 교회가 400개가 우후죽순으로 갈라지고 생기게 된 시초였다. 당시 목사는 수십 명의 제직들을 명분과 의논도 없이 무더기로 제명 처리했다. 자기를 따르지 않는다는 이유에서였다. 몸싸움을 대비해 호주 경찰들을 교회에 배치시켰다. 집사들은 너무 분해 울분을 터뜨렸고, 결국 뜻있는 집사들과 내가 주축이 되어 새로운 교회를 창립하기에 이른다. 그것이 가나안교회였다.

한인교회 활동

창립예배에는 우리를 지지하는 수많은 성도들과 교민들이 와주어서 교회는 들어설 곳이 없을 정도였다. 눈물 날 정도로 감격스러운 날이었다. 콩코드<sub>Concord</sub>

의 호주 교회를 빌려 썼는데, 그들은 돈은커녕 하나님의 교회이니 얼마든지 사용하라고 대환영이었다. 담임목사가 없었던 우리는 피터샴 장로교회와 연계하여 성가대의 도움도 받고 장로교회 목사의 설교도 들었다.

그러던 중 내가 동산유지 일로 한국에 나가게 되어 담임목사를 초빙하려 하고 있는데, 호주에서 뜻밖의 전화가 걸려 왔다. 담임목사가 올 때까지만 설교를 하기로 했던 피터샴 장로교회 Y목사가 설교가 힘들다고 몇몇 집사들을 통해 교회를 통합하자고 했다는 것이었다. 날벼락도 이런 날벼락이 없었다. 나에게 상의 한 번 한 적도 없이 뒤통수를 친 것이었다. 이미 통합하자는 교인과 이를 반대하는 교인이 생기기 시작했다. 교인들을 뺏어가 자기 교회를 크게 불리려는 목사의 야망이었다. 나는 기가 막혀 아무 소리도 못하고 그저 상황을 지켜만 볼뿐이었다.

얼마 지나지 않아 결국 우리 교회는 반 토막이 나고 모든 성도들이 뿔뿔이 흩어지게 되었다. 나는 그때 시드니의 저질 목사들에 대해 너무 큰 상처를 받았다. 이들은 도덕도 질서도 없는 목숨을 걸고 자기 밥그릇을 지키려는 한 마리 야수 같았다. 겉으로는 하나님을 외치지만, 정작 하나님의 뜻을 섬기는 목사가 한 명도 없어 보였다. 오히려 하나님이 목사의 뜻을 받들어야 되는 참담한 현실이 가슴 아팠다.

이후 나는 한동안 교회에 나가지 않았다. 만주에서도, 이북에서도, 피난시절에도 브라질에서도, 한 번도 거른 적이 없던 예배였다. 어머니는 앓다시피 드러누우셨고 아내나 누이들도 모두 말할 수 없이 허탈한 심정이었다. 그런데 그 후 호주 장로교 노회에서 클레멘트 목사가 나를 찾아와, 하나님의 교회가 문을 닫는 법은 없다고 틈만 나면 나를 설득했다. 그리하여 다시 '한인 가나안장로교회'를 세우게 된다. 그리고 같은 해 호주 장로교노회로부터 한인 최초로 장로장립을 하게 되었다.

## 34. 마지막 승부

동산유지로부터 은행 빚 일부를 받아냈지만 나는 너무 많은 손해로 감당이 어려웠다. 이리저리 뛰어 다니며 빚과 이자를 갚고 사업을 정리하기에 이르렀다. 다행히 집은 한 채 건졌으나, 어떻게 살아야 할지 무엇을 해야 할지 막막했다. 피난시절로 되돌아간 느낌이었다. 구두통을 어깨에 메고 골목골목 깡패들 눈치를 보며 하루하루를 살았었다. 당시 내 꿈은 비를 맞지 않는 곳에 터를 잡고 구두를 닦는 것이었다. 구두통과 구두약을 보관하고 자물쇠로 잠글 수만 있다면 남부러울 게 없었다.

그때에 비하면 지금은 아무것도 아니었다. 퀴퀴한 천막에서 추위에 떠는 것도 아니고, 깡통에 빗물을 받고 오줌을 누는 것도 아니었다. 나는 얼마든지 다시 시작할 수 있었다. 그리고 반드시 그렇게 될 것이었다. 나는 매일 아침이면 기도를 마치고 집을 나와, 시드니 구석구석을 다니며 무엇을 해야 할 것인지를 알아보기 시작했다. 막연한 발품팔이가 다시 시작된 것이다.

그러던 어느 날, 아내와 길을 걷다가 어디선가 커피향이 섞인 구수한 냄새를 맡고 동시에 발걸음을 멈췄다. 그것은 우리 어릴 적 맡아 본 고향냄새였다. '아니! 이 낯선 땅에서 어떻게 그런 냄새가 난단 말인가.' 우리는 무작정 그 냄새를 따라갔다. 그곳엔 다름 아닌 쌀과자를 만드는 작은 공장이었다. 반쯤 열린 셔터 사이로 호주 청년이 뻥튀기 같은 동그란 쌀과자 케이크를 만들고 있었다. 브라질에서의 의류사업만 생각하다 엉뚱한 쌀과자 사업으로 생각이 전환되는 순간이었다.

우리는 그 순간 '이거다' 하고 눈을 마주쳤다. 그리고 과자를 구워내는 기계와 제조사 이름을 외우고는 이후 며칠간 기계에 대해 알아보기 시작했다. 밀가루 제품이 오랫동안 시장을 석권하던 시절, 당시 쌀과자는 대량으로 만들어 낼 수가 없어서 못 파는 식품이었다. 공장의 호주인들은 주문량을 따라가기가 힘들다고 입을 모았다. 기계는 일본 제품이었다. 나는 바로 일본으로 날아갔다.

그때가 1983년, 당시 돈으로 기계 한 대당 5만 달러였다. 무모한 도전이었다. 다시 빈털터리가 되느냐 마느냐의 기로에 섰다. 나는 고민을 안 할 수 없었다. 이번에 또 망하면 식구들이 모두 길거리로 나앉아 다시는 회복할 수 없었기 때문이다. 하지만 나는 올인하기로 결심했다. 긁어모을 수 있는 전 재산을 몽땅 투자해 기계 다섯 대와 일본의 엔지니어도 함께 호주로 데려왔다. 기계 다섯 대를 꼭 사야만 엔지니어를 데려갈 수 있다는 조건이 붙어 있었기 때문이다.

그리하여 'GOLD RABBIT PTY LTD'를 설립하고 조그만 공장을 빌려, 기계 다섯 대를 풀가동하기 시작했다. 원래 신제품 출시 시 일반 가정 우편함에 샘플을 넣어 광고하는 경우가 많은데, 우리는 그럴 비용조차 없었다. 과일가게에서 빈 과일박스를 주워 와 그 안에 포장한 쌀 토스트를 넣고, 밤새워 주소를 써서 각지의 의사들과 약국에 홍보용으로 보냈다. 때마침 호주 의사들이, 당뇨환자에게 좋은 제품으로, 그리고 다이어트에 좋은 식품으로 쌀 토스트를 의학지에 소개했다. 사실은 미국 웰빙 제품으로 쌀 토스트를 광고한 것이었는데, 운 좋게 우리 회사 제품이 덩달아 광고되는 효과를 얻은 것이었다. 광고가 나가자마자 주문이 빗발쳤고 밤새 만들어도 없어서 못 팔 지경에 이르렀다. 또 한 번의 새로운 기적이 일어난 것이다.

그러나 쏟아져 들어오는 주문량에 행복한 비명을 지를 새도 없이, 우리 제품에 심각한 문제가 있다는 것을 알게 되었다. 생

산된 완제품들이 얼마 되지 않아 부스러기로 변한다는 것이었다. 모든 제품을 서둘러 리콜했다. 급한 김에 리콜 제품을 잘게 부숴 시리얼로 다시 판매했

공장에서

다. 양이 많아 전량 폐기할 수는 없었기 때문이다. 그런데 시리얼로 나간 것이 오히려 반응이 더 좋아, 멀쩡한 것을 부숴 시리얼로 판매해야 하는 기이한 상황도 벌어졌다.

그렇다 하더라도 제대로 완제품을 만들어 내지 못하면 여기서 끝이었다. 소비자는 오래 기다려 주지는 않기 때문이었다. 나는 입술이 바싹 타들어갔다. 내가 아는 것이라곤 브라질에서 익힌 재단과 의류제품뿐이었다. 하지만 먹는 것은 입는 것과 전혀 달랐다. 먹는 것은 실수를 용납하지 않았고 봐주는 법도 없었다.

## 35. 쌀 토스트의 기적

일본 엔지니어가 기계설비를 끝내고 돌아간 후, 나는 매일같이 공장에서 먹고 자면서 쌀 토스트를 연구했다. 기계가 고장나면 큰일이기 때문에 언제나 긴장을 해야 했다. 한번은 기계가 갑자기 멈추는 바람에 급히 밤비행기를 타고 일본에 가서 필요한 부속을 모두 사오기도 했다.

아내는 세끼 식사를 공장으로 조달했고, 나는 캠핑 침대를 공장에 들여놓고 그곳에서 숙식을 해결했다. 말 그대로 비상사태였다. 왜 쌀 토스트가 쉽게 부서지는지, 생산은 일단 접어두고 여러 가지 실험을 해야 했다. 일주일이 가고 이주일이 가고……. 물러설 곳이 더 이상 없다는 생각으로 밤낮으로 한 달을 연구한 결과, 알맞은 습도를 조절하는 기술을 터득하게 되었다. 그것이 문제였던 것이다. 이제는 부서지지 않는 쌀 토스트를 본격적으로 만들어 낼 수 있었다.

다시 가동한 공장은 얼마나 주문량이 폭주했는지, 24시간 3교대로 쉴 새 없이 기계를 가동해야 했고 급할 때나 방학 때면 아들들도 나와서 도왔다. 주문은 월요일에 많이 들어왔는데, 동시에 그날 메일박스엔 수표가 가득했다. 주로 우리가 거래한 곳은 대형 슈퍼마켓이었는데, 그들은 한 치의 오차도 없이 정확하게 대금을 입금해 주었다. 가끔 기계가 고장 나서 쌀 토스트가 제때에 배달되지 못하는 날엔, 개인 구매자들이 따로 편지를 보내오기도 했다.

판매가 잘 되었던 한창 때에는, 호주 전역에서 쌀 소비량이 제일 많은 곳이 우리 공장이었으니, 그 유통량을 짐작할 수 있다. 당시 호주의 쌀을 호주 전역으로 판매하는 중간 유통기업은 딱 한 군데, '썬 라이스Sun Rice'였는데, 그 기업의 총 지배인인 제프가 직접 우리 공장을 방문할 정도였다. 자기네 쌀을 그렇게 대량으로 소비하는 우리 사업이 너무 궁금해서였다고 했다. 제프는 우리 공장을 보자마자 몽땅 인수하고 싶다고 했지만, 우리는 고사했다. 우리는 모든 슈퍼마켓을 독점하다시피 했기 때문에 굳이 사업체를 넘길 이유가 없었다.

그러나 호주인들 머리 또한 비상해서 물러설 기미가 보이지 않았다. 우리 공장을 독식해야 향후 다이어트 시대에 쌀로 만든 다양한 과자 시장을 석권할 수 있기 때문이었다. 썬 라이스는 쌀값을 계속 올리면서 공장 인수 의견을 집요하게 전해 왔다.

여차하면 자기네들이 직접 공
장을 차릴 기세였다. 결국 우리는
1992년, 앞으로 향후 5년 동안
다시는 같은 제품을 만들지 않
겠다는 각서를 쓰고 좋은 가격에
공장을 인계했다.

공장 매매 날

온 가족이 밤낮을 쉬지 않고 함께 매달려 고생한 덕분에, 그러
는 동안 세 아들을 명문 사립고에 보낼 수 있었고 나는 부끄럽지
않은 이민 1세의 성공사례로 남게 되었다. 그 밑바닥엔 나와 우
리 가족 모두의 부지런한 습성이 있었다. 그것은 피난시절부터
내려온 우리의 큰 무기이자 낯설고 새로운 곳에서의 개척정신이
었다. 부지런하지 못하면 운도 따르지 않고 세상에서는 아무것
도 얻을 수 없다는 것이 나의 신조였다.

신앙도 마찬가지였다. 어머니와 아내는 그 바쁜 와중에도 새
벽기도를 나가고 매일같이 교회를 오가며 봉사하고 기도했다.
밥은 굶어도 하나님의 말씀을 굶을 수는 없다는 어머니의 믿음
과 신앙이 힘든 가족들에게 보이지 않는 든든한 버팀목 역할을
했다는 것은 두 말 할 나위가 없었다.

절실한 믿음은 가족들을 뭉치게 했다. 청소년기의 아이들은
아버지가 쫓아다니며 간섭하고 않아도 흐트러지지 않았고, 연
약한 아내는 힘들고 어려운 현실을 슬기롭게 잘 버텨주었다. 그
래서 나는 모두에게 감사하고 하나님에게 감사드린다. 기적은
기적을 바라는 데에서 오는 것이 아니라, 준비하고 서로 이해하

고, 같은 마음 같은 방향으로 나아가는 가족에게 온다. 그리고 그것이 바로 하나님의 축복과 사랑이다.

# 36. 나의 길 나의 신앙

    나는 한국의 초대 기독교 역사가 시작할 때부터 기독교를 믿었던 가정에서 태어났다. 3대째 기독교 집안의 아버지는 장로였고 어머니는 권사였다. 황해도 사리원에 살던 유년시절, 나는 주일학교에서 매년 50명 정도를 전도했을 정도로 '전도왕' 타이틀을 놓치지 않았던 것으로 기억한다. 그렇게 매해 열심히 교회를 다니다가 피난 내려와서 마산중앙교회에서도 전도상을 항상 받았다.

    중학생 시절 서울에 와서는 작은 일본식 가옥 2층의 '동일교회'에서 신앙생활을 시작했다. 서울 충무로에서 14명으로 시작한 '동일교회'는 지금 강남 역삼역(당시에는 충무로)에 있는 동양에서 제일 큰 장로교 '충현교회'의 전신이다. 하지만 '동일교회'가 문선명이 이끄는 '통일교'와 이름이 비슷하다고 하여, 충

무로의 '충'자와 '현'자를 합쳐 '충현교회'로 교회 이름을 변경
하게 되었다. 또한 당시 우리 야학교 근처에는 '명덕교회'라고 있
었는데, 충현교회의 지교회로서 '성인교회'를 창립하는 데 일조
했다. 명덕교회는 브라질로 이민을 함께 갔던 김종기 장로가 땅
을 내놓아 함께 지었으며, 나중에 '강동교회'로 발전하게 되고,
나는 창립멤버로 이민 가기 전까지 '명덕교회'와 '충현교회'를 오
가며 신앙생활을 이어갔다.

　　브라질로 이민 가서는 처음 대한성결교회 L 목사님과 함께
교회를 창립했으나, 2년 후 김석규 목사님이 오셔서 중앙성결교
회에 출석하게 되었다. 당시 김석규 목사님이 당회장으로 계셨
던 교회의 분위기는 매주 부흥회라고 해도 과장이 아닐 정도
로 뜨거웠다. 집회에 신유의 은사가 있었기 때문에, 브라질 원주
민들은 말이 통하지 않았음에도 불구하고 예배가 끝나도 집에
갈 생각을 하지 않을 정도였다. 자리가 좁아 강단 앞까지 가득
주저앉았던 것은 물론이거니와, 서 있을 수 있는 곳이면 어디든
지 교인들로 가득 찼다. 나는 남선교회 회장으로 교회 부흥에
앞장섰었다.

　　교회 안에는 숨을 쉬기조차
힘들 정도로 많은 교인들과 예
배를 드렸지만, 지금 생각해보
면 교회생활은 그때가 제일 행
복했던 것 같다. 좋은 목사님들

김석규 목사 내외와 함께

도 많이 만났고, 우리 가족들이 힘들 때 함께 힘이 되어 주었다. 고된 이민생활 속에서 체력적 한계에 직면했을 때마다 우리가 버틸 수 있었던 것은 브라질 교회의 목사님들과 교인들 덕분이었을 것이다. 그 덕분에 우리가 충만한 신앙생활을 영위해 나갔고 그랬기 때문에 우리 가족에게 기적과 축복이 일어났었던 것 같다.

만사에 감사한 결실은, 우리 가족이 브라질을 떠날 즈음에는 상파울로에서도 손꼽히는 곳에 좋은 주택가를 사서 교회를 지을 수 있도록 하였다. 다른 이들이 뒤도 안 돌아보고 미국 등으로 2차 이민을 떠날 때, 우리는 교회를 위해 땅만 사놓고 바다 건너 또 다른 대륙으로 떠나갔던 것이다.

애틀랜타에서 김종기 장로와 함께

호주로 2차 이민을 온 우리는 브라질에서처럼 행복한 교회생활을 할 수 있을 거라는 부푼 꿈을 안고 '시드니 한인연합교회'에 등록했다. 가족을 잃고 삶에 지친 어머니가 이제 신앙을 위해 살겠다고 하신 말씀을 좇아, 호주에 오자마자 우리가 살 집은 아무 조건도 문제 삼지 않고, 무조건 교회의 1km 반경 안에서 구할 정도였다. 그러나 우리의 기대와는 달리 시드니 교회는 문제가 많았다. 소위 말하는 '자격미달' 목사가 너무 많았다.

목회자들이 십계명을 어기는 것을 밥 먹듯 했고, 목사들의 마지막 계명 하나가 "들키지 말라"는 것이라는 등 말이 아니었다. 목회자들은 이민자들의 신앙을 챙기기보다는, 자신의 안위를 위해 교회를 운영해 나갔고, 각종 3D 직종의 힘든 일을 하며 하루 벌어 하루 먹고 사는 교민들의 소중한 헌금을 자신들을 위해 함부로 운용했다. 더욱이 호주 비자를 연장해 준다는 비자용 신학교도 난립했다.

말 그대로 '비즈니스 코스'로 운영되었던 호주의 신학교들은 호주 현지 영어가 아닌 한국말로 강의를 하면서 비자 연장의 역할도 하고 쉽게 목사 안수를 내주고 있다. 기가 막힐 노릇이다. 그리하여 시드니 한인인구 10만 명에 교회가 400개를 육박하는 웃지 못할 사태가 일어나게 되었다.

# 37. 하나님 없는 교회

하나님은 떠나셨다. 목사의 머릿속은 온통 성도들의 헌금과 재산, 자기 앞날 그리고 영주권뿐이었다. 이민자의 고통과 아픔을 외면한 검증되지 않은 '저질목사'가, 풍요의 땅 호주로 들어오기 시작한 것은 이미 처음부터였다. 이들은 영주권 없이 관광비자나, 혹은 다른 기술자 비자로 들어와서 교회를 통해 영주권을 얻고 갑자기 사라져버리는 일도 많았다. 교회가 이들의 영주권 창구 역할을 한 것이었다. 설교의 질은 차치하더라도, 예배를 드리다 말고 갑자기 교회를 떠나는 목사도 상당수 있을 정도로 심각한 상황이 도처에서 벌어졌지만, 모두 "쉬쉬"해가며 입을 다물고 있었다. 자기 교회의 체면과 안위 때문이었다.

한번은 어느 목사가 야밤에 사택에서 교회 물품들을 갖고 도주해 그 뒷감당을 한 적도 있었다. 이게 누워서 침 뱉기인지라 성도들은 어디다 하소연할 수도 없었다. 그뿐만 아니라 교회 집기들, 이를테면 성찬기, 성경책, 마이크, 방송시설 등 교회에 관련된 사람이 아니면 가져가지 않을 집기들이 교회에서 사라진 사건들도 여러 번 있었다. 기가 막히고 어이가 없어도 제직들은 속앓이를 할 뿐이었다. 새 신자들 때문이었다. 대부분의 새 신자들은 이런 모습 앞에서 바로 등을 돌렸다. 목사가 여신자와 정분이 나서 도망가기도 하고, 화장실에서 담배를 피우고, 돈을 갖고 튀는 등 신앙인들은 창피스러워 고개를 들고 다닐 수 없는 일도 있었다.

어느 날 교회에 갔더니 갑자기 주일 예배를 어떤 축구장에서 드린다고 했다. 당시 각 교회마다 친목도모를 목적으로 하는 축구팀이 있었는데, 우리가 다니던 교회의 축구팀이 결승전에 진출하게 되었다. 주일에 교회 안의 소그룹인 축구팀을 위해 교회의 본 목적인 예배를 바꾸는 처사인 셈이었다. 주일날 경기를 치르는 것도 이해하지 못할 노릇이었지만, 예배를 축구장에서 드린다는 것은 더더욱 이해가 되지 않았다. 그래서 교회에서 예배를 드리겠다는 무리와, 경기장에서 예배를 드리겠다는 무리가 서로 갈려 예배를 따로 드린 적도 있었다. 그런데 이 작은 의견의 엇갈림이 결국 서로 마음에 맞는 분파를 만들어, 그때부터 교회가 분란을 일으키는 원인이 되었던 것 같다. 그 후에 우리가 주장한 대로 주일 성수를 지키기 위해 끝까지 노력한 결과, 목회자는 떠나고 주일을 성수하며 교회를 지키게 되었다.

목사 안수식

이민사회에서 교회는 한국에 있는 교회와는 사뭇 다른 양상을 띤다. 말도 통하지 않는 답답하고 낯선 이국땅에서의 외로움은 자신과의 싸움이었다. 그래서 초창기 이민사회는 같은 한국 사람을 만났을 때, 반가움도 반가움이려니와 자기들끼리의 정보 교환이나 공유가 절실히 필요했다. 당시는 지금과 달라 한국어 통역사가 한 명도 없었기 때문에 더 그랬다. 새로 이민 온 사람일수록 한인들을 많이 접하고 만나야 했는데, 그 징검다리 역할이 교회밖에 없었다.

하나님을 믿든 안 믿든 그들은 교회를 나올 수밖에 없었고, 같이 예배를 드리고 기도할 수밖에 없었다. 그러는 사이 그들은 점점 신앙인이 되고 외롭고 힘들수록 더욱더 하나님께 매달리게 되었다. 그것은 하나님의 뜻이고 길이었다. 교회는 그야말로 절대적인 한인 커뮤니티이자 하나님의 울타리였던 것이다. 그런 교회가 돈과 교인을 가지고 목사와 장로가 욕을 하고 싸우다 갈라서고, 목사끼리 헐뜯고 교인을 뺏어오고, 교회를 놓고 흥정을 하고 대물림 되는 사태에, 나는 시드니에 있는 교회를 다시 생각하게 되었다. 내가 그토록 그리던 교회가 이것이었단 말인가. 그 옛날, 브라질에서 보았던 교회와는 근본적으로 수준이 틀렸다.

어머니와 아내는 교회에 헌신을 하면서도 내색을 하지 않았지만, 자신만의 신앙과 믿음으로 그 번민과 고통을 이겨내고 있는 것 같았다. 우리는 교회보다도 신앙을 선택했다. 교회를 버리더라도 신앙을 버릴 수는 없었다. 브라질에서 그리고 호주에서, 하루하루 어떻게 될지 모르는 광야의 이스라엘 백성처럼 살아갈 때, 불기둥과 구름기둥으로 인도하신 그분의 말씀 때문이었다.

"환난은 인내를, 인내는 연단을, 연단은 소망을 이루는 줄 앎이로다."
(로마서5:3~4)

## 38. 교육사업의 꿈

　　교회가 우후죽순으로 갈라지고 서로 시기하고 원수가 되는, 이런 상황 속에서 내가 교회를 또 세울 수는 없는 노릇이었다. 교회를 세우는 것이 내 꿈이기도 했지만, 그것은 바른 길로 이끄는 올바른 신앙의 전도에 그 뜻과 의미가 있었다.

　　이 무렵 나는 고민했다. 어차피 하늘 아래 하나님의 것이 아닌 것은 없었다. 믿음이나 신앙도 올바른 배움이 바탕이 된다면, 슬기롭고 지혜롭게 더 많은 사람을 인도할 수 있을 것 같았다. 교육사업은 내 오랜 소망이고 꿈이기도 했다. 교육사업은 돈을 좇는 사업이 아니었다. 돈을 따라가다 보면 틀림없이 망하는 사업이 교육사업이라는 것을 나는 오래전 피부로 느꼈었다. 하루 이틀에 끝나지 않는 이것은, 큰 뜻을 두지 않는다면 버틸 수 없는 사업이었다. 대학교 1학년 때, 19살의 나이로 학교

를 설립하고 '천호고등공민학교' 교장이 된 나는, 브라질로 이
민을 결정하게 됨에 따라 이진환 씨와 김동석 씨에게 아무 조
건 없이 학교를 부탁했었다. 김동석 씨는 후에 경원대학교의 설
립자가 되었고, 이진환 씨는(서울 외국어고등학교 교장) 계속 학
교를 맡아 키워주었다. 나는 단지 설립자란 이름만 남겨 있을
뿐이었다.

1986년, 이진환 교장이 천호동 학교 부지 약 1만 평을 '아남
산업'에 팔고 학교를 이전하게 되었다. 경기가 좋아지고 부동산
시세가 높아지자, 흙벽돌로 쌓은 학교가 있는 허름한 땅이 금
싸라기 땅이 되었다. 그래서 질 좋은 환경을 갖추기 위해 더 좋
은 곳을 알아 본 끝에, 상계동에 교육용지로 예정된 땅을 교육
청의 허가를 받고 사들였는데, 알고 보니 6,500평과 4,500평 두
개로 각기 떨어진 부지였다. 그래서 고심 끝에 '위례상고'와 '서
울외국어고등학교' 두 곳이 '천호재단'의 학교가 되었다. 나는
지금까지 그 학교들의 '설립자'로 남아 있다.

당시 신축교사 전경                    초창기 교실과 학생들

1992년 쌀 토스트를 매각하고 공장 문을 닫을 때까지도 나
는 여전히 학교라는 미련과 구상에서 벗어나지 못했다. 그것은

브라질과 호주에 있더라도 틈만 나면 한국을 오가며 학교의 일을 돌봐왔기 때문이었다. 아내를 처음 만난 곳도 학교였고, 아내와 같이 학교에서 봉사했으며 그곳에 신혼 살림집을 차렸었다. 그래서 자다가도, '지금쯤 학교에선 무엇을 할 시간이구나, 무엇을 하는 기념일이구나' 하며 청춘을 불살랐던 학교생활이 온통 머릿속을 맴돌고 있었다. 그렇게 쌀 토스트 이후, 이것저것 다른 일들을 물색하다 늘 머릿속에 있고 익숙한 교육사업을 해보는 게 어떨지 생각했다.

당시 호주의 인구는 1,500만 명 정도였는데, 매년 관광 오는 숫자가 1,000만 명이 넘는다는 것을 알았다. 특별한 공업이나 2차 산업이 없었고, 천혜의 자연환경 덕에 1차, 4차 산업 및 관광자원이 풍부한 것이었다. 말 그대로 관광으로 먹고사는 나라였다. 따라서 관광사업 중 숙박업, 교통업 등 여러 가지가 있었는데, 그중 우리의 관심을 끈 것은 영어권의 '랭귀지스쿨Language School'이었다. 그리고 그것은 호주 정부도 장려하는 사업이었다.

어학원에 학생이 등록되면, 그 부모도 방문하거나 자연스럽게 호주에 머물게 되기 때문에 관광을 넘어선 이익 창출이 기대되는 것이다. 또한 같은 영어권임에도 불구하고 미국보다 치안이 안전했으며, 자연환경도 좋았다. 국가경쟁력에서도 나쁘지 않아 보였다. 거기다 호주 정부는 마케팅비의 50%를 5년 동안 지원해주고 있었다. 랭귀지 스쿨은 해외수출산업과 비슷한 맥락으로 호주로선 매우 중요한 '사업'이었다.

그리하여 1992년 시드니에 랭귀지 스쿨 'Australian Pacific

College'를 설립하기에 이른다. 처음에는 서울외고 학생들을 1년에 한 번씩 초청했고, 뒤이어 여러 나라의 학생을 받게 되었다. 그러나 전문교사들과의 전문적인 영어가 필요한 학교에서 나는 한계를 느꼈다. 젊은 학생들과 교사들을 이끌어 갈 젊은 생각, 진취적인 생각이 필요했다. 나는 일선에서 물러나기 위해 아들 셋(용준, 동현, 동욱)을 모두 불러, 누가 학교를 맡을지 의견을 타진했다. 세 아들은 이미 제각기 번듯한 직업을 갖고 있었지만, 모두 거절해서 셋째 동욱이에게 특별히 한 달만 일해 볼 것을 권유했다. 이에 셋째는 직장을 다니면서 동시에 학교를 경영했는데, 결국 다니던 직장을 그만두고, 제대로 학교를 운영해 보겠다는 얘기를 했다.

아들은 서양식 사고를 가진 이민 2세였다. 가장 먼저 동욱이는 이전에 있던 나의 방(사무실)을 없앴다. 한국 사람이 자주 드나들면 영어학교가 될 수 없다고 생각했던 것이다. 그리고 동욱이는 나에게까지도 학교출입을 철저히 제한했다. 조금은 서운한 순간이었다. 하지만 아들의 예측은 적중했다. 1997년 IMF가 터지면서, 한국의 학생들 대부분이 귀국하게 되어서 한국인 위주의 어학원은 경영에 큰 타격을 받고 대다수 폐업하게 되었지만, 동욱이는 문을 닫게 된 어학원 여섯 개를 호주 정부

천호학교 초대 교장 재임 당시

의 권유로 모두 인수하게 되었다. 하루아침에 대형 학교가 되었고, 동시에 경쟁자의 위치에 있던 학원들을 모두 끌어안게 된 것이다.

그 이면에는 녀석만의 운영 철학이 있었다. 동욱이는 한국 학생을 전체 정원의 15% 이상은 받지 않았다. 또한 출석률 80% 이상을 비자 연장 조건으로 엄격하게 지켰다. 출석률이 79%가 되어도 비자 연장을 시켜 주지 않아 한국 학부모들로부터 엄청난 항의가 들어왔으나, 아들은 아랑곳하지 않았다. 호주 스타일이었다. 이런 미래 비전적이고 스마트한 경영 덕분에, 현재 10개교에 300여 명의 선생님, 5,000명 규모의 대형 학교<sub>College</sub>로 성장해 갈 수 있었다.

한편 교육사업의 일선에서 물러난 나는, 교육과 문화사업에 관심을 쏟기 시작했다. 나의 둘째 누님 유은희 교수는 한국에서 최초로 어린이집을 설립했던 유아교육의 창시자였다. 누님은 유아, 어린이들을 위한 교재를 52권 이상 집필했고, 천호동에 '미화 유치원' 왕십리에 '미화 어린이집', 장위동에 'ABC 코알라 어린이집'을 설립했다. 이후 누님이 돌아가심에 따라 내가 그 모든 것을 맡게 되었고, 누님이 하던 일을 이어 받아 '사단법인 유아놀이 창작예술진흥회' 회장 겸 이사장직도 맡게 되었다.

결국 이 모든 일의 시작은 19살 때 '십자매'로부터 왔다. 어머니 쌈짓돈을 훔쳐 시작한 십사매 사업이 천호동 땅을 구입해 야학교가 설립되었고, 그 야학교가 천호고등공민학교, 위례상고, 서울외국어고등학교로 발전하고, 태평양 건너 'Australian Pacific College'로 이어졌다. 유아교육과 문화예술까지 왔으니, 이 운명을 나로선 벗어날 길이 없는 듯 보인다. 그러고 보면 브라질의 제품사업과 호주의 쌀 토스트 사업은, 마지막 사업을 위해 누군가 내게 시켰던 지나가는 과정이었다.

그래서 나는 그분께 기도를 한다. 감사하다고⋯⋯. 당신의 뜻대로 가게 해달라고⋯⋯. 내 뜻대로가 아닌⋯⋯.

# 39. 하늘로 가신 어머니

　내가 사업 전환으로 꼬리에 꼬리를 물고 일에 정신없이 빠져 있을 때, 큰 병환도 없으셨던 어머니께서 갑자기 소천하셨다. 어머니는 미리 예견하셨는지 그날 하루 종일 나를 찾으셨다.

　"애비야! 애비야..... 어딨냐?"

　세상에 이런 불효막심한 놈이 또 있을까. 무슨 큰일을 하겠다고, 얼마나 많은 영예를 안겠다고, 어머니 부르는 소리를 듣지 못하고 마지막 가시는 것도 보지 못했으니……. 우리 어머니가 어떤 어머니인가. 그 삭막한 만주 땅에서 8남매를 낳아 키우시다가, 이북으로 내려오셔서 일찍이 남편을 잃고 아이들과 그 기나긴 시간을 홀로 사신 분이었다. 난리통에 자식들을 피눈물로 떠나보내면서도 조막만 한 5남매를 이끌고 정처 없이 피난을 내려오신 어머니.

그 고통과 두려움과, 그리고 그것을 이겨내기 위해 몸부림 치는 어머니의 눈물 젖은 용기는 이 땅에 있는 한국 어머니들의 푯대였다. 이따금 아내와의 의견충돌로 고부간의 갈등이 있기는 했지만, 그건 어쩌면 사업을 한다고 밖에서 살다시피 했던 내 잘못이 더 컸다. 그리고 어머니의 그러한 자식 편향은 다 이유가 있었다.

젊은 나이에 대가족의 절반을 잃은 어머니는, 이북에서부터 항상 심장이 벌렁벌렁 뛰는 가슴병을 앓아야 했다. 참담하고 고달픈 피난살이에서도, 태평양을 건너 이리저리 떠돌아다닐 때도, 어머니는 부와 자신의 안위보다도 그저 자식들의 행복이 먼저였다. 자식들이 다치지 않고 건강히 살아만 있는 것이, 어머니에게는 그렇게도 힘들었고 유일한 소망이었다.

어머니에게 살아남은 남자는 나 하나였다. 거기다 멀쩡한 것도 아니고 몸이 불편했으니, 나를 대하시는 마음은 이루 말할 수 없이 지극했다. 그러다 보니 아내가 조금만 마음에 안 들어도 역정을 내시게 되고, 시집살이를 시키게 되셨을 터이다. 그 부분에 있어서 나는 아내에게도 미안하고 어머니에게도 미안했다.


어머니는 이북을 포함한 5개국을 떠돌며 사시면서도, 거의 교회를 거른 적이 없는 충성스러운 주님의 종이었다. 아무리 힘들고 고난에 직면해서도 기도

어머님 묘소 앞에서

를 게을리 하지 않으셨고 성경책을 손에서 떼지 않으셨다. 이제 생각해보니 그런 어머니의 인내와 기도에 힘입어, 나와 손주들은 모두 무탈하게 살게 됐고 사업은 성공할 수 있었던 것 같다. 어머니 역할도 아버지 역할도, 모두 감당해야 했던 어머니가, 마지막에 나를 애타게 찾으시며 돌아가셨다는 얘기에, 나는 너무 가슴이 아파 흐르는 눈물을 주체할 수 없었다. 이제 어머니를 편히 모실 수가 있었는데…….

나는 사실 어머니 속을 무던히 썩인 자식이었다. 청소년 시절에도 그랬지만, 성인이 돼서도 어머니에게 화를 내기도 하고, 앞만 보고 달렸지, 어머니를 진지하게 생각해본 적이 없었다. 나는 다른 어머니도 모두 그럴 것이라고 생각했었나 보다. 어머니는 자식을 위해 희생하고 기도하고, 그렇게 한평생을 살다 가는 거라고 생각했나 보다.

돌아보면, 장애를 가진 내가 부족함과 괴로움을 마음껏 투정하고 역정 낼 수 있는 사람은 이 세상의 단 한 사람, 어머니뿐이었다. 그런 나를 어머니는 늘 안타까워하셨고 용기를 주셨으며 얘기를 들어주셨다. 어머니는 늘 그것이 당신 잘못인 양 괴로워하셨기 때문이었다.

나는 어머니의 마지막 모습을 바라보며 한없이 울고 있었다. 누가 뭐라 해도, 우리 어머니가 제일 훌륭했다. 그 참담한 현실에서, 학교도 제대로 나오시지 못한 어머니로서는, 너무 훌륭한 소임을 다 하셨다고 생각한다. 그래서 죄송하고 감사하다. 일생을 자식들을 위해 기도만 하셨던 어머니. - 어머니는 황해도 사리원을 꼭 한 번 가보고 싶어 하셨다. 그곳에 아버지도 계시고 작은 형님과 막내 누이가 잠들어 있기 때문이다. 어머니를 모시고 꼭 한 번 북한 고향 방문을 하고 싶었는데…….

어머니는 시드니의 어느 한적하고 평온한 공원에 묻혔다. 그리고 나는 어머니의 그 크신 은혜에 뒤늦게 눈물지며 무릎을 꿇었다. "어머니! 너무 감사했습니다. 사랑합니다." 어머니는 하나님 곁으로 가셨을 것이다. 힘든 짐을 모두 내려놓고……. 꼭 가셨을 것이다. 우리 어머니는 그곳 아니면 갈 데가 없으니까…….

# 40. 문화사업활동

　　1981년, 한국과 호주를 오가며 사업에 정신이 없었을 때, 나는 대통령의 위촉을 받아 호주의 '평화통일 자문위원' 최초 회장직을 맡고 있었다. 당시는 호주 교민들이 많지 않아 교민 사회가 활성화되지 않았기에 크게 할 일이 없었다. 교민들과 서로 대화하고 평화통일을 모색하고 단결하거나 화합하는 기구라기보다, 차라리 한국 정부(군정)에 힘을 실어주는 어용기관인 측면이 많았다.

　　사실, 평화통일을 위해 교포들이 해야 할 일은 많지 않았다. 서로 싸우지 말고 열심히 살며 그 나라의 주류가 되어, 대한민국이 든든히 유지되도록 멀리서 지켜보는 일이 최선이었다. 조국을 잊지 말고 2세들에게 전하는 것, 그리고 다 같이 조국의 이름 아래 한마음이 되는 것, 그것은 문화활동이었다. 그래서 당시 '나라사랑'이란 주제로 한 웅변대회를 시작으로 이런저런 문화활동을 처음으로 벌이게 되었다.

시드니에서 황해도 도민회를 만들고, 연고전(고연전)을 창설했으며, 구연동화가들의 모임인 한국의 '색동어머니회'를 초청해 2년마다 호주에서 공연할 수 있게 주선을 하는 등, 나는 주도적으로 사업과 문화활동을 병행해 나갔다. 내가 그럴 수 있었던 이면에는, 사업 때문에 어쩔 수 없이 수시로 한국을 드나들어야 했던 것도 있었다.

2000년에는 시드니 오페라하우스에서 교민발전기금을 마련하기 위해서 '문화예술협회'를 창단하고 '한-호 문화예술제'를 2년마다 개최하기도 했다. 이 '한-호 문화예술제'는 한인회 및 체육회, 노인회등 각 분야의 모든 단체가 참여하고 지원하는 예술제로, 다른 모든 소수민족 이민자들은 우리를 마냥 부러워했다. 이러한 노력에 힘입어, 2003년 '동포재단'에서 주최하는 제1회 세

2015년 광복 70주년 기념 합창연주회 시티타운홀에서

계 한민족 축제에서 나는 수많은 사람들의 지지를 받으며, '세계한민족문화예술총연합회' 회장에 선출되었다.

그 당시 나는 각계 인사들을 만나 이중국적 인정과 재외국민 투표권 획득을 위한 지속적인 운동을 펼쳤고, 김대중 정부 때 비로소 그 노력의 결실을 얻을 수 있게 되었으니 그 기쁨은 말로 표현할 수 없었다. 이후 나는 '국민생활체육회' 호주지회 회장직을 맡으면서, 본국과 연계해 교민들의 건강과 여가선용에 관해, 본국의 정책 방향이라든가 지원 등 의견을 교환하며 호주에 생활체육이 뿌리내리기 위해 지금까지 분주하게 움직이고 있다.

생활체육은 '레크리에이션Recreation'으로, 이미 서양에선 국가의 지원 아래 온 국민들이 건강한 생활을 할 수 있도록 하는 일종의 정책이다. 전문가들에 의하면 이 생활체육이 발달된 나라들의 국민들은 모두 활기가 넘치며 경쟁력이 뛰어나고 의료비가 적게 들어가는 특징이 있으니 국가에선 이를 정책적으로 적극 권장할 수밖에 없다는 것이다. 국민의 건강을 책임지는 것은 국가이기 때문이다. 그래서 모든 국가들이 이미 생활체육을 국가정책으로 활용하고 있다.

하지만 외국에 사는 이민자들은 상황이 달랐다. 언어나 문화의 장벽에 막혀, 해당 국가의 혜택을 올바로 받지 못할 뿐더러 본국의 보호도 받지 못하는 실정이었다. 거기다 그들은 이런 것까지 신경 쓰기에는 어느 곳

2013년 생활체육회 대축전

이던 이민생활이 만만치 않다는 것이다. 그래서 나는 이것이 어려우면 어려울수록 반드시 정착시키기 위해 노력을 해야 한다고 다짐했다.

내가 그동안 하나님에게 받았던 과분한 사랑을 다시 돌려드리는 길은 무엇일까. 늙어가는 내가, 나의 신앙도 지키고 마음도 건강도 지키며 내가 잘할 수 있는 것. 나는 그것이 문화활동 사업이라고 생각했다. 이 사업은 말이 사업이지 돈이 되는 것이 절대 아니었다. 없는 일을 만들고, 사람을 모으고, 초청하고 하는 일들은 처음부터 밑 빠진 독에 물을 붓는 것과 같았다. 당연히 집안에서 좋아할 사람이 없었다.

그런데다가 간혹 사람들은, 정부나 한국에서 무슨 돈이 나오는 줄 알고 그걸 받아쓰는 양 수군대고 오해하는 사람들도 있었다. 이민사회는 간혹, 아무리 좋은 뜻을 가지고 내 돈을 써가면서 일을 해도, 사람들의 인식이 자꾸 편협해 간다는 것이 안타깝다.

2011년 이후, 나는 호주 솔리데오<sub>Soli-Deo</sub> 합창단을 조직했다. 그리하여 찬양으로 신앙을 함께 지켜 나가며, 고달픈 이민생활에

평통위원 시절

소외된 사람, 힘든 사람, 외로운 사람 등 모든 사람들에게 삶의
활력과 희망을 전하는 합창단 활동을 현재까지 하고 있다.

# 41. 북한 방문

 

 

2013년 5월 4일 아버님 산소를 찾아 북한으로 떠났다. 누구에게나 어릴 적 추억이 가장 생각나고 사는 내내 그립다. 돌이켜보면 나는 고향이 아닌 데가 없는데, 황해도 사리원은 내 어릴 적 추억이 담긴 그리운 고향이다. 친구들과 놀고 장난치고 학교도 다니며 막연한 꿈도 꾸었으며, 내가 그리워하고 존경했던 아버지와 형님의 산소가 있는 우리 동네. 그 시절 나는 너무 어려서였는지 그 동네가 그렇게 평온하게 느껴지고 추억된다. 그래서 죽기 전에 그곳에 한번 가보는 것이 꿈이었다. 시간이 지나 거동이 불편해지면 두고두고 한으로 남을 것 같았다.

2014년 시드니에서 인천 공항으로 갔다가 다시 중국 심양으로 가서 북한 비행기인 고려항공으로 평양에 도착하는 데는 꼬박 3일이 걸렸다. 누구나 브라질을 몇 번 왔다 갔다 한다면 이런 여행은 아무것도 아니라는 것을 느낄 것이다. 그러나 평양으로 가는 동안 내 가슴은 계속 두근거렸다. 공산주의나 사회주의 같은 것 때문이 아니었다. 내 손길 내 발자국이 있는 곳 나의 고향, 고향 때문이었다.

평양 공항은 그야말로 손바닥만 했다. 비행기 몇 대만 들어가면 꽉 찰 것 같은 공항에 잔뜩 긴장하고 내린 우리는, 공안원이라는 사람한테 여권과 휴대폰을 압수당했다. 돌아갈 때 준다는 것이었다. 들어서자마자 북한 사회의 실상을 그대로 보여주는 듯 압도당하는 느낌이었다. 공항 밖에서는 이미 세 사람이 우리를 기다리고 있었는데, 한 사람은 해외동포 부국장이라 했고, 다른 사람은 우리를 안내해 줄 사람이라는데 공안원 같았고, 다른 사람은 운전기사였다. 우리는 승용차를 타고 로동신문사 앞에 있는 해방산 호텔로 향했다. 그날은 잔뜩 긴장한 탓에 아무것도 보이지 않았다. 그날 밤, 고향에 온 들뜬 마음이라 그런지 아니면 사회주의의 한복판에 와있다는 것 때문인지, 나는 이 생각 저 생각으로 뒤척이다 자정이 넘어서야 간신히 잠이 들었다. 그리고 다음 날부터 우리의 빡빡한 일정은 시작되었다.

북한 묘향산 전시관 앞에서 안내양과 함께

우리는 해외동포대표단 자격으로 방문한 것이기에, 그들은 우리에게 특별히 좋은 음식과 명소 그리고 꼭 보여줘야 할 곳 등을 시간차로 빼곡히 짜 놓았다. 특별대우를 받는 셈이었다. 내가 황해도 사리원이 내 고향이라고 아버지 산소에 꼭 한번 가고 싶다고 말했을 때, 안내원은 정색했고 나는 그런 그의 모습을 보고 가슴이 덜컹했다. 그것은 내 소망이고 목적이었다. 이북에 살던 내가 북한의 유적지나 관광지를 구경하러 온 것은 아니었다. 이것이 마지막이 될 것은 자명한 일이었기 때문이었다. 하지만 안내원은 미리 6개월 전쯤에 말했어야 가능했다고 고개를 저었다. 나는 무너지는 실망감에 울컥했다. 그렇다고 그에게 항의할 수는 없었다. 여기는 북한이었다.

우리는 아침식사 후 평양 시내를 구경하기로 되어 있었다. 시내 구경이 제대로 될 리 없었지만 불만 가득 딴청을 부리다간, 무슨 일이 일어날 지 알 수가 없는 노릇이었다. 그쪽에서 보면 우리 집은 일단 반동의 집안이었다. 아버지가 지주였고 형님이 반공청년단 단장으로 살해되셨고, 식구 모두가 기독교를 믿었으며, 북한이 싫다고 모두 버리고 피난으로 도망간 반동 중에 반동이었다. 생각이 여기에 미치자 자꾸 불안해지기 시작했다. 눈치를 보며 그냥 공손히 따라다닐 수밖에 없었다.

시내 한복판에 우뚝 선, 그림으로만 보아오던 주체사상탑을 지나 김일성대학에 들어갔다. 김일성대학은 북한 최고의 시설과 장비를 갖춘, 우선으로 자랑하는 곳이었다. 이곳에 오면 가장 먼저 컴퓨터학습실을 보여준다. 세계대회를 연 최신식 장비라고 하는데, 한국인의 눈에는 그저 구형 컴퓨터로 보였다. 더구나 우리가 간 날은 학생들을 찾아볼 수 없어 학교가 텅 비어 있었다. 농번기라 모두 공동농장으로 봉사를 나갔다고 했다. 이곳에선 공부를 하고 싶다고 아무 때나 마음대로 할 수 있는 것이 아닌가 보다.

그 유명한 옥류관에서 냉면을 먹고 '위대하신 수령님'이 사랑으로 지으셨다는 소년궁으로 안내됐다. 이곳은 정말 웅장하고 번쩍거리게 잘 지었다는 느낌이었다. 교실 등 강의실이 수십 개나 있었고 벽과 벽에 걸린 미술품과 조각이 한 점 한 점 고도의 정성을 들인 것 같아 독재자의 힘과 위압을 느끼는 순간이었다.

다음 날부터는 우리는 더 분주히 움직여야 했다. 그들은 우리에게 최대한 북한의 명물과 자랑거리를 많이 보여주라는 지시를 받은 듯했다. 그래야 대표단인 우리가 돌아가서 북한을 좋게 알리고 더 많은 관광객을 모셔오기 때문이었다. 안내원이 웃기도 하고 농담도 하고 우리가 원하는 것은 대부분 들어주려는 모습에 조금은 놀랍고 고마웠다. 우리는 행운이었다.

묘향산 기슭에 있는 국제친선전람관이라는 곳은 꽤 인상적이었다. 산을 파내서 지었다는 지하 건물이었는데 이중으로 된 입구 문짝 하나가 4톤이나 되고 구리로 만들어져 공습이나 핵무기에도 끄떡없다고 했다. 1948년 조선민주주의인민공화국을 세우고 김일성 주석이 구 소련과 동구라파 등 세계 각지의 공산국가와 교류하면서 주고받은 선물들을 진열해 놓은 곳이었다.

나라마다 전시실이 따로 있어서, 연대별로 60년간 178개국에서 받은 선물들을 없애지 않고 그대로 진열해 놓았다는 것은 실로 놀라웠다. 끝이 안 보일 정도의 긴 복도에는 200여 개의 전시실이 있고, 김일성관, 김정일관, 김정은관이 따로 되어 있다. 3개의 관을 보고 나니 반나절이 지나갔다. 모두 보려면 한 달은 족히 걸릴 듯했다.

우리는 묘향산에서 점심을 먹고 서산대사가 머물렀다는 보현사에 들러 세계문화유산인 팔만대장경을 구경했으며 돌아오는 길에 김일성 생가라는 만경대에 들렀다. 늦은 시각인데도 목에 빨간 스카프를 두른 수백 명의 소년단들이 줄을 서서 차례를 기다리고 있었다. 온 인민이 일 년에 한 번은 자발적으로(?) 이곳을 방문하기 때문에 보통 서너 시간은 기다려야 차례가 된다고 했다. 아름답게 꾸민 공원 한쪽에는 옛날 초가집과 우리 눈에도 익은 옛 건물과 물건들이 전시되어 있는데, 김일성의 할아버지가 그곳 지주의 머슴으로 살던 곳이었다. 한국이라면 조상이 지주였다고 억지로라도 만들어 버릴 텐데, 이북은 지주의

북한 방문 시 금강산에서

평양 옥류관 앞에서

머슴이었다고 해야 더 위대하고 자랑스럽게 되니, 서로의 생각이나 사상의 깊은 골을 실감했다.

다음 날 우리는 평양에서 300㎞쯤 되는 원산을 거쳐 금강산으로 향했다. 이북에서 살 때도 가보지 못했던 금강산, 한민족이라면 태어나서 금강산을 한 번 보고 죽는 것이 소원인 사람도 많을 텐데, 뜻밖에도 나는 그 꿈을 이룰 수 있었다. 가도 가도 끝이 보이지 않는 울퉁불퉁한 고속도로를 가는 곳곳마다 17번이나 검문검색을 해가며 서너 시간을 달려갔다. 그동안 주민들도 거의 보이지 않았고 자동차도 몇 대 마주치지도 않는 것이 신기했다. 마치 사람이 살지 않는 듯한 중세를 거쳐 고대, 태고로 점점 돌아가는 분위기였다. 금강산은 그 끝자락에 있었다.

산은 여느 산과 다를 바 없었지만, 산을 오르는 내내 두근거리는 마음을 멈출 수가 없었다. 남산이나 도봉산이 아닌 금강산을 내가 오르고 있다니……. 말로만 듣던 금강산은 너무 고요하고 한적해서, 어디선가 계곡 한편에서 하얀 구름을 탄 산신령이 나타날 것만 같았지만, 안내원 때문인지 그 산신령이 빨간 완장을 차고 있을 것 같았다.

올라가면 올라갈수록, 시야가 터지면 터질수록, 아름답고 웅장한 풍경들이 마구 쏟아져 나왔지만 우리는 사진을 마음대로 찍을 수 없었다. 그런데 이것은 금강산의 전부가 아니었다. 금강산은 1만 2천 봉을 지칭하는 말로, 우린 그저 그중의 한 곳을 급하게 본 것뿐이었다. 이제부터 내가 30년 동안 하루에 한 봉우리씩 오른다 해도 금강산을 모두 볼 수 없다. 자자손손 우리

민족의 금강산, 한민족은 남한이나 북한이나 전쟁이 나도, 이 금강산에 폭탄을 떨어뜨리는 일은 없어야 할 것이다. 이 절경은 왜 하필 북한 땅에 있게 되었을까. 금강산 때문이라도 빨리 통일이 되었으면 좋겠다는 바람에, 내려오는 길에 안내원 몰래 기도를 드렸다.

마지막 날, 아버님 산소 방문을 금지하던 안내원이, 내가 살던 곳과 인민학교도 보려면 사리원에 생긴 지 얼마 안 되는 민속촌이 있는데 관광 정도는 가능하다며 허가를 받아왔다. 나의 절실한 심정을 딱하게 여겼는지 그동안 여기저기 백방으로 높은 사람들의 허락을 받아낸 듯했다. 안내원이 무슨 잘못이 있겠는가. 그저 고마웠다.

60년 만에 보는 고향마을, 이 고향을 한 번 보기 위해 나는 얼마나 긴 세월을 울먹이며 살았던가. 잊혀가는 아버지의 아련한 모습이 고향 길목 길목에서 나를 손짓하며 부르고 있었다. 나는 북받치는 감정을 차마 드러내지 못하고 삼키고 있었다. 허나 고향마을에 도착한 나는, 갈가리 무너지는 또 한 번의 진통을 겪어야 했다. 내가 매일 뛰어놀던 동산과 둑은 없었다. 모두 불도저로 밀어내 평지가 되었고 우리 집도 마을도 아버지 산소 자리도 모두 사라지고 낯선 그곳에는 인민공동주택이 들어선, 도저히 고향땅이라고 믿기지 않았다.

차라리 고향땅을 보지나 말 것을. 그냥 꿈속에 간직하고

만 있었으면 좋았을 것을. 나는 너무 슬펐다. 이제 돌아가면 꿈속의 고향마저 사라지고 말 것이었다. 안내원에게 물었다. "산소를 저렇게 밀어버리면 그 안에 있던 유해는 다 어디 있어요?" 고개를 갸웃하던 안내원은, "그 밑에 어디 있겠죠……."라고 대답했다.

북한 방문에서 내가 느낄 수 있었던 것은, 남한은 북한을 가끔씩 잊고 살아도 북한은 남한을 한시라도 잊은 적이 없다는 것이다. 그들의 민족보존 의식이나 역사보존 의식은 눈물겹도록 끔찍했다. 가는 곳마다 북한 땅만 따로 그린 지도는 거의볼 수 없었다. 민속촌은 그야말로 고대에서 중세, 그리고 근대에이르기까지 각 시대별로 모든 주거 형태와 물품들을 똑같이 갖춰 놓아 누구라도 고조선부터의 한반도 역사를 쉽게 볼 수 있게 전시해 놓았다. 남한의 민속촌은 오로지 수익을 올리기 위한관광용으로 만들어지고, 북한의 민속촌은 어린이들이나 인민들에게 실질적인 역사교육을 전하기 위해 만들어졌다고 느꼈다면,나는 빨갱이일까.

우리가 금강산을 차지한다면, 수백 리 길의 입구와 산기슭을 자연 그대로 저렇게 유지할 수 있을까. 별장을 짓는다고 땅투기를 하고, 러브호텔에, 음식점에, 자릿세를 받는 텐트들이 늘어서고 각종 산악회 플래카드가 내걸리고 쓰레기 천지가 되었을것이다. 땅을 차지하고 자연을 가지는 것만이 능사가 아니다. 민족의 공유물을 어떻게 보존하고 어떻게 물려줄 것인가를 연구해야 한다.

북한 방문에서 고향의 모습이 사라진 것은 너무 안타깝고 슬픈 일이지만, 사상은 접어두고 그들에게 우리가 배울 것이 있고, 생각할 것이 있다는 것을 느끼게 해준, 소중한 여행이었다. 그러나 뛰어난 명소마다, 흰 돌판에 붉은 글씨로 '위대하신 김일성', '위대하신 김정은'의 훈시는 분명 눈살을 찌푸리게 했다.

## 42. 솔리데오 합창단

　평통회장과 한호문화예술 단장을 지내면서 나는 각계각층
의 많은 사람들과 교분이 쌓여 갔고, 자의반 타의반으로 한국
의 문화를 호주에 알리고 정착시키는 일에 나머지 삶의 비중
을 두게 되었다. 그것은 어쩌면 우리 한민족의 보람이고 가치이
며 거대한 사업일지도 몰랐다. 국내든 국외든 모든 한국인의 긍
지와 자부심을 지키고 이어가는 일, 그로 인해 흩어져 살더라도
서로 뭉치고 화해하며 힘을 받는 일, 이것이 사업이 아니면 무엇
이란 말인가.

　나는 가능한 많은 예술인들이 호주 시드니 오페라하우스
Sydney Opera House에서 공연하길 바랐다. 꿈의 무대, 시드니 오페라
하우스. 평생 그곳에 서는 것이 꿈이었다고 말하는 수많은 서
양 예술인들의 이야기를 들을 때마다, 조국이 떠올랐다. 그곳에

서 공연을 했다는 자체만으로도 그들은 자긍심으로 무한한 꿈과 희망을 가지고 더 정진하며 살아갈 것이 틀림없었다. 그리하여 실버합창단과 오케스트라 등 많은 팀들을 초빙해 공연을 하게 되었다. 총영사, 한인회장 및 각 단체장들의 많은 도움이 있었다. 이 과정에서 한국의 색동어머니회를 초빙하게 되었고 솔리데오 합창단을 초빙해 한인교회 호주 교회 등 수많은 교회에서 순회공연을 했다. 오페라하우스 공연도 갖게 되었다.

'솔리데오'는 '주님께 영광'이라는 뜻인데 그 합창단의 공연을 들은 사람들은, 모두 한결같이 가슴이 뭉클하고 신앙심이 더욱 솟구쳤다는 소리를 들었을 땐, 내가 오히려 감사하고 감격스러웠다. 그들은 프로였다. 굳이 지나가는 사람을 잡고 전도를 하지 않아도, 뜻이 다른 교회제직들과 싸워가며 살지 않아도, 가슴을 울리는 절절하고 우렁차며 고요한 합창은 그 자체가 기도이고 전도였다. 그리고 그것은 외로운 이민자에게 꼭 필요한 것이었다.

2015년 솔리데오 합창단 공연

나는 합창이 이렇게 멋진 것인지를 솔리데오 합창단을 통해 알았다. 합창은 예술이다. 아니, 합창이야말로 진정한 예술이다. 생김새나 목소리, 삶과 고통의 짐이 모두 각기 다른 사람들이 만나, 한 목소리로 가장 감동스러운 하모니를 만들어내는 과정이 어디 그리 쉽기만 하겠는가. 거기엔 인내가 있고 고통이 있으며, 사랑이 있고 절실함이 있다는 것. 그래서 그것은 한편의 기도다. 세상 모든 사람들에게 전하는 기도다.

나는 한국의 솔리데오 합창단 지휘자 석성환 장로와 단장 한정현 장로에게 호주지회 합창단을 지원해줄 것을 부탁하고, 호주에 솔리데오 합창단을 창설하기로 했다. 합창을 좋아했던 사람이나, 외롭고 소외된 사람, 교회를 다니던 다니지 않던 모든 사람들이 합창으로 한마음이 되고 삶에 희망과 활력을 얻는다면, 그것이 바로 하나님의 뜻이 아니고 무엇이겠는가.

2011년 4월 합창단 창설 이래 120명의 단원으로 성장한 솔리데오 합창단은 호주의 다 문화권에서 공연을 하고 시드니 오페라하우스 공연의 꿈을 가지고 연습 중이다. 평상시는 얌전하고 말이 없는 단원들이 합창 연습을 할 때면 그렇게 활기차고 자신감이 넘치니, 합창이 삶을 변화시킨다는 말이 허언이 아니라는 것을 실감한다. 기쁜 마음으로 늘 봉사를 하는 고마운 단원들도 있고, 애써 주시는 피아노 선생님, 그리고 출중하신 프로 지도자 선생님 등 한 분 한 분 없어서는 안 될 소중한 사람들이 사랑으로 합창단을 이끌어 나가고 있다.

합창단을 운영하면서 많은 어려움이 있었지만, 나는 그것이 하나님이 내게 주신 나의 몫이라 생각한다. 그동안 하나님이 나를 사랑하신 만큼, 나는 이제 합창을 통하여 그리고 다른 봉사활동을 통하여 더 많은 사람들에게 그것을 돌려드려야 한다. 그것이 나의 마지막 소망이고 마지막 기도다.

"주님께 영광" 주님께 영광은 시작되었다.


(솔리데오 합창단 연락처: +61-2-9452-6368)

# 43. 저 하늘의 태양

꿈을 꾸었다. 꿈속에서 나는 어머니의 시신을 안고 3·8선 이북을 넘어가고 있었다. 먼 옛날 어머니가 그랬던 것처럼, 어머니 손을 꼭 잡고 두려워하는 어머니를 다독이고 있었다.

"어머니, 조금만 참으세요. 다 왔어요."

"아버지를 만나면 무슨 얘기를 하실 거예요?"

"힘들었다고 엉엉 우실 거지요?"

사는 내내 아버지에 대한 그리움이나 원망을 내비치지 않으셨던 어머니. 그러나 자식인 내가 그것을 모를 리가 없었다. 얼마나 사무치고 원망스러웠길래 말씀조차 안 하셨을까. 왜 한국 어머니들은 다들 이렇게 살아야 할까. 이제라도 어머니는 아버지 곁에 있어야 했는데, 살아서도 만나기 힘들더니 돌아가셔도 만나기 힘든 이 세상이 너무 답답하고 가슴이 메어진다.

어머니는 불구인 내가 나도 모르게 공연한 짜증을 부릴 때마다, 미안한 마음으로 항상 옆에서 지켜주셨다. 어머니는 나 때문에 억척스럽게 살아야 했고, 나는 그런 어머니 때문에 억척스럽게 살아야 했다. 만주에서 이북으로 건너올 때만 해도 우리의 여정이 이렇게 복잡하고 길어질 줄은 꿈에도 몰랐다. 다시 한국으로 브라질로 호주로 정신없이 떠돌며 나는 평생을 일에 파묻혀 살았다.

그것은 내가 성실해서도 정말로 용감해서도 아니었다. 내가 잠깐이라도 주저앉으면, 진실로 이 세상은 아무도 나를 거들떠보지 않는다는 것이 너무 무서웠다. 죽음보다 더 무서운 것이 있다면 세상의 냉대와 멸시. 그 속에 버려지는 것이었다. 그래서 나는 무엇이라도 해야 했다. 몸이 온전치 않고 가진 것이 없어서 아무것도 할 수 없다는 좌절은, 그래서 무엇이든 새롭게 시작해도 밑지지 않는다는 신념이 되었다. 내겐 더 이상 떨어질 나락이 없었다.

나는 행운아였다. 불구인 나를 따라 꽃다운 나이에 청춘을 바치고 결혼을 해준, 감동어린 천사 같은 아내가 있었고, 그런 아내가 내가 힘들 때나 괴로울 때나 한결같이 지켜주고 의지해 주었기에 오늘이 있었고, 그리고 무엇보다 긴 세월 동안 곁에서 지켜주신

아내와 함께

하나님의 크신 사랑이 있었다. 하나님의 사랑이 없었다면, 나는 부랑아가 되었거나 노숙자로 돌아다니다 홀로 병들어 죽었을 것이다. 그런 아내 때문이라도 나는 용기를 가져야 했고, 하나님의 사랑과 믿음 때문에 무엇이든 과감하고 용감한 투사가 되어야 했다. 사랑과 믿음은 결국 용기를 낳는다는 것을 알았다. 그리고 용기가 없는 자는 아무것도 얻지 못한다는 진실도 알게 되었다.

이제는 자식들도 모두 훌륭한 사업과 직장을 가지고 가정을 꾸려가고 있지만, 자식들에겐 나는 훨씬 이전부터 항상 미안한 마음을 가지고 있었다. 어릴 적부터 살만 하면, 학교를 다닐 만하면, 다른 문화와 언어권으로 옮겨 다니는 과정에서 얼마나 힘들고 혼란스러웠을까. 거기다 불구의 아버지가 그리 떳떳하거나 자랑스럽지는 않았을 것이다.

그래서 어떤 날은 그냥 먼발치에서 보고 돌아온 날도 있었고, 사업을 핑계로 떨어져 있는 날이 많았으며, 청소년기에는 내가 일부러 피하는 날도 있었으니, 내 마음 역시 늘 편치 않았다. 그럼에도 불구하고 아들들이 모두 스스로 훌륭하게 성장한 것에 나는 고맙고 또 고맙다.

사람들은 나를 성공한 사람이라고 부른다. 더 이상 장애인이라고 부르지 않는다. 어쩌면 우리 모두는 태어날 때부터 적어도 한 가지 장애를 가지고 있는지도 모른다. 사정으로 학교를 못 다닌 사람이나 부모나 형제를 잃어 의지할 곳이 없는 사람도

가족사진(2008년)

장애고, 세상을 비관하고 삐뚤어진 사고로 정신이 병들어도 장애고, 사랑하는 사람을 잃고 가슴이 아파 평생 헤어나지 못하는 것도 장애고, 도박 등 방탕한 생활에 빠져 돌아서지 못하는 것도 큰 장애이니, 어찌 손이나 발만 장애라 할 수 있겠는가. 결국 불구로 불리느냐, 성공한 사람으로 불리느냐, 좌절이냐 용기냐는 어느 누구도 아닌 바로 '나' 스스로의 몫인 것이다.

나는 이 땅의 모든 장애인이나 장애 아닌 장애를 가지고 있는 사람들이, 하나님의 사랑과 믿음으로, 천둥 같은 용기로, 세상으로 뛰쳐 나가길 기원한다. 세상은 우리들의 것이다.

나는 아직도 하루 24시간이 모자라게 바삐 움직이고 있다. 해야 할 일이 너무 많기 때문이다. 젊은 날, 살아남기 위해 살았다면, 이제는 봉사하며 아름답게 죽기 위해 살려고 한다. 살아남는 것도 용기고 아름답게 죽기 위해 최선을 다하는 삶도 용기다. 저 하늘에 태양이 있는 한, 나는 마지막까지 도전을 멈추지 않을 것이다. 이제 나는 다시 한국 국적을 취득하고 짐을 꾸리고 있다. 조국으로 돌아가 봉사하며 마지막 꿈을 위해 사는 것이 내 소망이다.

축복은 결코 기다리는 자에게 오지 않는다. 용기 있는 자, 일어서는 자, 청춘을 거침없이 활활 불태우는 자에게 온다. 저 하늘에 끝없이 타오르는 태양처럼…….

가족사진(2006년)

## 44. 사랑하는 아내 영에게
(처녀 적 아내 이름이 '선영'이었다)

영에게,

여보, 오래전 옛날 편지를 써보고, 세월이 많이 지난 이제 당신께 글을 남긴다고 하니 조금은 쑥스럽고 감회가 새롭소. 하지만 불현듯 이 책의 마지막을 당신께 보내는 글로 장식하고 싶었소. 많은 사람들이 보겠지만, 그래서 더 쓰고 싶고 더 용기를 내려 하오. 당신께 드릴 것이 이 이상 값진 것이 없을 것 같기 때문이오.

학창시절 당신을 처음 만났을 때, 나는 당신이 떠나버릴까봐 잠을 이루지 못했다오. 잘생긴 것도 아니고, 가진 것도 없는 부족한 나에게 고맙게 시집와 준, 내게 꿈과 희망이었던 당신. 당신 때문에 나는 늘 즐거웠고 힘이 솟았지요.

우리가 만나서 데이트를 하던 대학교 뒷동산 나무를 기억하오? 그땐 돈이 없어서 여기저기 다닐 처지도 못되어서, 나는 그 나무가 얼마나 고마웠는지 모른다오. 이후 나는 세상 모든 나무들을 사랑하게 되었소. 힘들 때나 지쳤을 때, 또는 당신을 가끔 미워했을 때도 그 나무만 생각하면 나는 그 옛날로 다시 돌아가게 됩니다. 그리고 거기 수줍게 앉아있는 한 소녀를 발견하지요.

아내와 함께

여보,

그동안 이곳저곳 떠돌아다니는 힘든 삶 속에서도, 나를 믿고 끝까지 건강하게 따라와 준 것에 너무 고맙고 감사드리오. 돌이켜보면 나는 늘 사업과 일에 파묻혀, 가정이나 당신에 대해 소홀히 한 면이 많았소. 어쩌면 나는 사업의 성공이, 오로지 가정을 지키고 당신을 지키는 일이라고 믿었는지도 모르오. 그것이 당신에 대한 애정과 사랑이, 남들보다 더 나은 남편이 되는 것이라고 고집스럽게 믿고 있었나보오. 그럴 때마다 변함없이 모든 것을 인내하며 묵묵히 자리를 지켜온 당신. 지금의 내가 있기까지는 그런 당신이 옆에 있었기에 가능했다고 믿고 있소.

35년 동안 타국을 떠돌면서 시어머니를 모시고, 세 아들과 막무가내로 밀어 붙이는 무모한 남편을 뒷바라지하느라고, 젊은 날의 앳되고 발랄한 모습은 사라지고, 어느덧 늙고 쇠약해지는 당신의 모습에 가슴 아프고 죄책감이 든다오. 그러나 내게 당신의 모습은, 항상 그 옛날 나무 밑에서 책을 읽던 예쁜 소녀로 보이지요. 그리고 나는 그 소녀를 향해 여전히 두근거리며 다가서는 마음이랍니다.

여보,
고맙고 그리고 미안하오. 나는 당신이 최선을 다해 살았다는 것을 알고 있소. 모든 것을 우리의 혹독한 사랑의 대가로 생각해 버립시다. 앞으로 여생을 내가 당신을 위해 살아가며 결코 실망시키지 않으리다.
영, 아프지 마오.
당신을 사랑하오.


당신의 남편 웅이가

보도자료

## "교포자녀들에게 우리 문화 전수"

### 한민족예총 발족 산파역 유준웅 초대회장

"우리 해외이민 역사도 100년이 훨씬 넘습니다. 교포 3세뿐만 아니라 4세, 5세까지 이어지고 있습니다. 이들 젊은 세대들에게 우리말을 가르치는 것도 중요하지만 우리 전통문화와 예술을 전수하는 것도 더 없이 중요한 일입니다"

최근 발족한 세계한민족문화예술총연합회(이하 한민족예총) 초대 회장으로 선임된 유준웅(劉俊雄·61·한호문화예술협회장)씨.

그는 "해외에서 자라는 4세, 5세들은 한국적 정서를 접하기 어렵다"며 "우리 민족 정서를 전수하기 위해서는 보다 다양한 우리의 전통 문화예술을 자주 접하게 해야 한다"고 강조했다.

유회장은 또 세계화시대에 해외의 한민족끼리 전통얼을 잇기 위해서는 서로 교류할 수 있는 구심점이 필요하다며 하루빨리 동포재단센터를 설립해야 한다고 말했다.

그는 이를 위해 한민족예총에서 세계 각국을 순회공연하며 기금 모금도 하겠다고 밝혔다.

"그동안 동포예술인들은 현지에서 외롭게 작품 활동을 해왔습니다. 앞으로는 미국교포가 호주에서

**17개국 300여 동포 예술인들
지구촌 한민족교류 순회공연**

도록 할 것입니다. 그래야 실질적으로 동포끼리도 만남의 장을 만들어 갈 수 있지요"

한민족예총은 지난달 23~27일 재외동포재단(이사장 권병현) 주최로 열린 세계한민족문화축제전에 참가한 17개국 300여 해외동포 예술인들이 동포문화인들의 지구촌 네트워크를 구축하기로 한 데서 발족됐다.

32년전 이민의 첫발을 뗀 유회장은 브라질에서 7년 동안 생활하다 호주에 정착, 개인사업을 하며 문화예술 활동을 지원해오고 있다.

1999년 설립된 한호문화예술협회 회장직을 맡아 현지 주민과 교민들의 문화 교류 활성화에도 남품을 아끼지 않고 있다.

글 이동형·사진 정지윤기자

〈경향신문〉 2001

---

## 기적의 생존자 유지환, 호주로 유학온다

### 퍼시픽 컬리지 유준웅이사 추진, 내년 1月부터 어학연수

삼풍백화점 붕괴사고후 12일만에 극적으로 불록, 인간승리의 드라마를 연출했던 유지환(18세)양이 내년 1월부터 호주 퍼시픽 칼리지로 유학온다.

북한 서울발 언론보도에 따르면 유지환양 유학은 시드니 소재 퍼시픽 칼리지의 이사로 서울 위페살고 실렸었던 시드니^일 유준웅(57)의 추선으로 이루어진 것으로 알려졌다.

유양은 언론과의 인터뷰에서 "앞으로 1년간 어학연수를 마친뒤 곤바로 대학과정에 진학할 계획"이라며 "평소 취미가 있었던 디자인을 전공에 일류 디자이너가 되겠다"고 포부를 밝혔다.

사고당시 최고비상 박수현양과 함께 기적적으로 구출돼 전세계 언론의 이목을 끌었던 유양의 호주유학 결정에 시드니 모닝 헤럴드를 비롯한 호주언론들은 큰 관심을 나타냈다.

안, 이사의 전폭적인 지지를 얻어 유양의 호주유학이 결실을 맺게됐다.

퍼시픽 칼리지는 앞으로도 유양의 학비는 물론 생활비까지 전액 부담할 방침인 것으로 알려졌다.

붙어 달하는 수업료 전액을 면제해주는 장학혜택을 주는 한편 대학 진학경을 마칠 때까지의 모든 장학금까지 지급하기로 한 것으로 알려졌다.

한편 화요일(24일) 유준웅씨의 부인이 〈한국신문〉에 밝힘에서 따르면 유씨는 현지 유양의 유학관계로 한국에 체류중인데 금주 28일(日) 모든 구체적인 유양의 유학일정을 갖고 시드니로 돌아올 예정이라고 알려졌다.

는 "언론의 대동주의 지원이 한계"라며 "정책결정자나 관심계층의 특별혜택이 지속적인 것보다 물을 수 있는 언론"로 필요성을 지적했다. 이어운 "집단당각증후군,이 가져오는 폐해는 관국사회발전의 커다란 장애요소로 무겁게 여겨져야 한다고 지적한다.

〈코리아타임즈〉 1995

---

### 잊혀져가는 삼풍교훈

#### 사고백일 설문조사 '집단망각증후군' 심각

삼풍백화점 붕괴사고 12일만에 극적으로 불록, 인간승리의 드라마를 연출했던 유지환양이 내년 1월로 호주 퍼시픽 칼리지로 유학온다.

삼풍참사를 통해 한국사회의 구조적인 문제가 이슈로 바깥나고 있다 최근 (한겨레 신문)이 발표 삼풍참사 1백일 의식조사에서 면 대부분의 응답자들이 자신들의 기억이 아득하나 전체적인 절문에서는 무덤덤 바깥일 판단에 흐렸고, 한국인이 '집단망각 증후군'의 심각한 지각에 이 글을 일깨웠다.

동일한 언론보도에 대한 응답을 분석한 결과 조사 시고소식을 접하고 91.8%였던 비율이 지금도 기억 기록로 특 떨어졌으며 특히 아직까지 복구 사업자고 유가족이나 피해자들에 대 는 보상문제에 대한 평가가 '전혀 합의되지 않고 있다'고 일축하게 응답하는 조사결과는 7.7%에 불과했다. 전체적인 여론을 본 '수치도, 전국의 불실시사기 시작됐다고 응답이 많아졌다.

'무담심', 피로도 아니라 국민감시나 시가순 통신, 대형참독물 일대 안전관리로의 무관심, 소소사 비롯해, 여타 일도 이루어진 사고조사의 초라한 결과 잇고이라 한국사회의 교훈은 '망각', 즉 사람나 이날 수 없게 됐다는 뉴스였다. 유씨는 너무도 반가웠다. 그 결로 유씨는 유양이 입원됐다는 감남성모병원으로 달려갔다.

그러나 면회가 허락되지 않았다. 이튿날 다시 유양을 찾은 유씨는 가정형편상 진학을 하지 못한채 실제적인 가정노릇을 해오고 있는 유양에게 퇴임후 배움의 길을 열어줄 것을 약속했다.

유씨는 한호학원재단과 제휴관계에 있는 오스트레일리안 퍼시픽 칼리지에 자신이 원할 경우 2~4년간의 모든 학비와 체제비등 생활비 일체를 보장하겠다고 약속했다.

유씨는 조용한 곳에서 공부를 더해 제2의 인생을 살겠다는 유양이 빠른 시일내에 회복돼 이곳 시드니에서 마음껏 공부하며 크길 수 있기를 바란다고 부연.

---

### 유지환양 학비·체제비 지원 약속

#### 오스트레일리안 퍼시픽칼리지 이사 유준웅씨

삼풍백화점 붕괴현장에서 13일간의 사투속에 지난 12일 이 승으로 되돌아온 유지환양(18세)은 위페상고의 27회 졸업생이었다.

이 위페상고의 설립자 유준웅씨(57세)는 지난 7일 자신의 재단인 학교법인 한호학원의 서울외국어고등학교 학생들의 여름방학 하계연수 논의차 서울에 갔다가 12일 아침 차안에서 귀가 번쩍 뜨이는 소식을 들었다.

위페상고 출신 유양이 극적으로 구출됐다는 뉴스였다. 유씨는 너무도 반가웠다. 그 길로 유씨는 유양이 입원됐다는 강남성모병원으로 달려갔다.

그러나 면회가 허락되지 않았다. 이튿날 다시 유양을 찾은 유씨는 가정형편상 진학을 하지 못한채 실제적인 가정노릇을 해오고 있는 유양에게 퇴임후 배움의 길을 열어줄 것을 약속했다.

유씨는 한호학원재단과 제휴

▲유준웅씨

관계에 있는 오스트레일리안 퍼시픽 칼리지에 자신이 원할 경우 2~4년간의 모든 학비와 체제비등 생활비 일체를 보장하겠다고 약속했다.

유씨는 조용한 곳에서 공부를 더해 제2의 인생을 살겠다는 유양이 빠른 시일내에 회복돼 이곳 시드니에서 마음껏 공부하며 크길 수 있기를 바란다고 부연.

# 선진국의 기본조건은 정직과 투명성

신정식이 만난 사람    유 준 웅 회장 / 한호문화예술협회

정직과 친절은 한짝···부정직한 사람은 물건절색
이민 성공 위해서는 교민들의 주류 직업 선택해야

대학시절 영화 '상록수' 보고 감명받아 야학 결심
천막학교가 천호상고 - 위례산업정보학교로 발전

〈노동일보〉 2001

---

# 80년대 축구스타 왕선재씨 '축구 꿈나무 호주유학 추진

## 중학생 25명 뽑아 내년 1월말쯤 실현

◆한국축구 꿈나무들의 호주축구유학을 추진하기 위해 잠시 귀국한 전 국가대표 왕선재씨(오른쪽)와 재호주동포 유준웅씨가 자신의 구상을 설명하고 있다. 〈강명호기자〉

80년대 축구스타 왕선재씨(36)가 국내 최초로 한국 축구 꿈나무들의 대규모 호주유학을 추진하고 있다.

90년 현대에서 축구선수생활을 마감한 전 국가대표 왕선재씨는 내년초 창단되는 청소년축구팀을 지도해달라는 호주 시드니 소재 오스트레일리아 퍼시픽 칼리지(APC) 이사인 á동포 유준웅씨(57)의 요청으로 올해 2월 호

주로 건너간 뒤 유학이 가능한 국내의 가능성있는 선수들을 물색하기 위해 지난달 29일 입국했다. APC는 영어연수기관이면서도 중, 고, 전문대 과정이 개설된 정식학교.

왕선재씨는 대규모 호주축구 유학을 실시하기 위해선 대한축구협회의 도움이 꼭 필요하다고 판단, 중고축구연맹에 지원을 요청하는 한편 최근 전국체전이 열린

포항으로 달려가 선수들의 학부모들과 상담을 벌이기도 했다.

중고축구연맹은 11일 이 문제를 이사회에서 토론, 축구팀이 있는 전국의 국민학교와 중학교에 호주축구유학에 관한 공문을 발송하는 등의 지원을 아끼지 않기로 했다.

왕씨에 따르면 호주는 축구유학을 하기에 더없이 좋은 조건. 사시사철 이용할 수 있는 잔디구

장에다 온화한 날씨와 양질의 음식, 무공해 자연 등으로 어린 선수들이 축구기본기를 연마하기에는 최적의 환경을 갖췄다는 평가. 더구나 영어연수를 받는 동시에 정규교과과정을 이수할 수 있다는 이점 때문에 이미 부럽고 고명수감독의 아들인 고철호군 등 몇몇이 호주유학을 결정한 상태. 왕씨는 내년 1월말 중학생 25명 가량으로 팀을 구성, 매주

화요일과 목요일 윤번을 실시하고 현지 다른 클럽팀들과 연습경기도 가질 계획. 기본기를 연마하고 게임운영능력과 경기를 읽는 능력을 키우는데 훈련의 초점을 맞추기로 했다.

왕씨는 "앞으로 한눈 팔지 않고 유소년지도에 전력을 기울이겠다. 유소년축구가 바로 그 나라 축구의 미래이기 때문"이라고 말했다. 〈박시정기자〉

축구 꿈나무 관련 기사

# 배움의 길에 뻗쳐진 연세의 손길

## 유준웅군과 한창수 동문

대지를 가꾸는 사람들

### 각각 자매학교 맺고 총학생회에서 녹양회와 후원

## 광천학원

유운동군

광천학원 시절

---

# 광천학원에 종돈 2두 기증

## 녹양회 자매학원에 봉사 대원도 모집

녹양회 대표가 종돈을 인계 하고 있다

## 학우의 밤
생 송별회 겸해

광천학원 재학시절 〈연세춘추〉

---

만나
봅시다

## 색동회 어린이 대잔치 및 경로잔치를 주최하는 황해도민 회장 유준웅

〈시드니 코리언포스트〉 (1991)

- 이종권기자 -

# 졸업생을
## 보내면서

교장 유준웅

본교의 발전과 졸업생들을 축하 해주시기 위해 공사 다망하신 가운데 이처럼 많은 내빈께서 왕림해 주신데 대하여 심심한 감사의 뜻을 드립니다.

벌써 모교가 세워진 이래 많은 학생들을 맞이했고, 또 많은 학생들을 내 보내게 되었습니다. 특히 금년에는 고등학교 제1회 졸업생을 내 보내게 되었으니 마음 속으로 무엇인지 모르게 무거운 마음을 가눌 길이 없습니다.

오늘 불가불 졸업을 하는 여러분에게 본교를 대표해서 몇 가지 부탁의 말씀을 드리고 싶습니다.

먼저 졸업생 여러분에게 대해서 감사한 것은 이번 졸업하는 여러분들은 고등학교 3학년 일년동안 무결석 반을 만들어 보라는 뜻에서 성실히 노력했고 참조차 마다치 오늘날 졸업하는 이 시점에서 진취의 개근상으로나 게 되었다는 것입니다. 이것은 담당선생님의 노력과 여러분 졸업생의 노력이 얼마나 컸다는 것을 나타내 주고 있습니다. 그리고 또한 이것은 우리를 위하여 훌륭한 전통을 남겨 놓은 것입니다. 졸업생 여러분들은 바가 오나 바람이 부나 개의치 않고 하루도 빠지지 않고 학교에 전원이 출석해 주었다는 것은 무엇보다 훌륭한 일이며 치하해야 할 것이며 경하합니다. 이에 남은 후배들도 선배들이 닦아 놓은 이 귀한 전통을 이어 받아서 꾸준히 학교에 잘 나올 수 있게 될 것을 믿어 의심치 않습니다.

중학을 졸업하는 여러분들은 앞으로 거의 진학을 지속할 것이지만 그러나 고등학교를 졸업하는 여러분들

---

은 거의 전부가 직업전선으로 나가게 될 것입니다. 이번 졸업생들은 아마 이달 말 까지는 100% 취직이 되어서 직업전선에 나갈 것이라니 더욱 기쁘고 반가운 일입니다.

내가 특히 졸업하는 여러분들에게 말하고 싶은 것은 사회에 나가서 생활할 때에 어디에서 무엇을 하던지간에 지혜롭고 슬기로운 사회인이 되어달라는 것입니다. 잠언 14장 18절을 보면 "어리석은 자는 헛것것으로 기업을 삼아도 슬기로운 자는 지식으로 면류관을 쌓으리라"고 하였습니다. 역시 어리석은 자의 행동은 미련할 것이고 슬기로운 자의 생활은 부지런할 것입니다. 우리 졸업생들은 어떠한 곳에서 어떠한 일을 하던지 지혜롭고 슬기롭고 참다운 생활인이 되어야 하겠습니다. 성경에 보면 솔로몬 왕은 그 많은 보화와 권력과 부귀영화를 다 제쳐놓고 오로지 하나님 앞에 엎드려 기도 할 때에 지혜를 달라고 간구하였습니다. 솔로몬이 지혜를 얻은후 모든 부귀영화는 따라 올 수 있었던 것입니다. 이제 졸업하는 여러분들도 먼저 하나님 앞에 지혜를 달라고 간구해 보십시오. 그러면 솔로몬을 본 받아서 모든 생활은 슬기로워 질 것입니다.

둘째로 부탁드리고 싶은 것은 여러분들이 어디에 나가서 생활하던지 무엇을 하던지 우리 학교 졸업생들은 참으로 정직하고 부지런한 일꾼이 되어달라는 것입니다. 지금 우리 사회에는 할 일이 많은지라 일꾼이 많이 필요합니다. 사람은 많이 있으되 정말 부지런하고 정직한 일꾼이 그렇게 많지 못한 것이 안타깝습니다. 그러나 우리 졸업생들은 무슨 업에 종사하던지 정직하고 부지런한 생활을 통해서 여러분 자신을 빛내며 모교를 빛낼 수 있기를 지상 부탁 드리는 바입니다.

그러면 정직한 사람은 어떻게 해야할 것입니까? 그것은 오직 내가 참 마음 속에서 울어나는 양심적인 생활을 통해서 하나님 앞에 기도하는 가운데 자연 정직한 생활이 나타날 줄로 압니다.

셋째, 졸업하는 여러분들은 모교에서 배운 그리스도의 진리를 잊지 말아야 할 것입니다. 여러분이 잘아는 대로 우리 학교는 그리스도의 정신 아래 세워진 학교입니다. 그런만치 학교에서는 기독교 교육을 시작했읍니다. 처음 우리 학교에 들어 올 때 겨우 13~17%에 불과했던 기독교인이 졸업하는 때에는 93~96%란 기독교인을 배출하게 되었다는 것은 얼마나 놀라운 사실이겠습니다. 이것은 곧 그들의 마음에 그리스도의 정신이 박도고 있을 뿐 아니라 기독교인으로 변하면서 나가고 있다는 것을 보여주기 더는 것이 이러한 교육을 통하여 못하는 "구원"에 발전할 수 있다고 확신하는 바입니다. 물론 이렇게 이루어졌는 학교가 절반이 아니라 일년동안 그리스도를 믿으며 참다운 종교생활을 지속하므로 획득해 이루어진 것입니다.

이제 끝으로 졸업하는 여러분들에게 부탁하고 싶은 것은 후배를 잊지 아니 말고 뒤에 남아서 우리 모교를 빛내기 위하여 많은 협조바라나다. 모교의 발전이 곧 자기 스스로의 발전이 될 것이요 성취하고 모교의 발전을 위하는 것이 여러분 후진의 바람입니다.

끝으로 여러분들을 끝까지 돌보실 모든 여러 선생님들을 마음 속에 기억에 올 것을 바라는 바이고 여러분들의 앞길에 하나님의 축복과 은혜가 함께 기원하면서 격려사에 대합니다.

---

## 교 훈

### 경천애인

- 진리
- 근면
- 봉사

---

천호상고 재임시절 (1971)

**여행 사진첩**

위례상고 총동문회

브라질 이과수 폭포

대학 2학년 첫 소풍

평통위원 시절

캄보디아 앙코르와트

미국 시애틀

페루 마추픽추

베트남 하노이 사돈네와 함께

아내와 손주들

페루 마추픽추

호주 서부 피나클

대학원 시절 청와대 방문 기념

브라질 이과수 폭포

캐나다 록키산맥

호주의 배꼽 울루무루에서

캐나다 록키산맥

이탈리아 로마에서 캐나다 부부와 함께

미국 워싱턴 D.C.

호주 캔버라

독일 아우슈비츠 수용소

그리스 아테네

그리스 아테네

이탈리아 폼페이

프랑스 파리

말레이시아 쿠알라룸푸르

호주 퀸즈랜드

손자를 안고

전국 생활체육축전 호주팀 한국 방문

세 아들

APC 본다이 학교 앞에서

박사학위 수여식

박사학위 축하 지인과 함께

부쉬 워킹

생활체육 경주 불국사

## 저자 소개

天雨 유준웅(Dr. Peter J.Yoo)

**[약력]**

1940년 10월 13일 출생
1960년 서울 천호상업고등학교 설립자 겸 교장
1966년 송홍자와 결혼
1971년 1차 브라질 이민
1976년 한국 동산유지 호주지사장
1978년 2차 호주 이민
1981~1993년 대한민국 민주평화통일 정책자문회의 호주지회장
1982년 호주 장로교단 장로
1986년 대한민국 대통령 공로표창
1992년 호주 AUSTRALIAN PACIFIC COLLEGE 설립자
1992년 (사)한국유아놀이 창작문화예술진흥회 이사장(現)
1997년 대한예수교장로회 목사
1999년 대한민국 충청북도 국제자문관(現)
2002년 세계한민족 문화예술 총연합회 회장(現)
2012년 재호주 국민생활체육회 회장(現)
2012년 재호주 솔리데오 합창단 단장(現)
2014년 도산 안창호 기념사업회 이사(現)

**[학력]**

1952년 마산 무학초등학교 졸업
1959년 서울 대광중고등학교 졸업
1963년 연세대학교 졸업 신학사
1969년 성균관대학교 행정학 석사
2005년 호서대학교 경영학 박사